编委会

顾问：

李润田　王才安　孙培新　王文金　张秉义　关爱和　娄源功

编委会主任：

卢克平　宋纯鹏　张锁江

编委会副主任：

谭　贞　张宝明　季　波　许绍康　孙君健　孙功奇　杨朝阳
王学路　冯淑霞　傅声雷　张立新

编委会委员：(按姓氏拼音排序)

蔡　军　程遂营　丁翼虎　冯淑霞　傅声雷　洪　浩　桓占伟
姬志闯　季　波　孔令刚　李永鑫　卢克平　苗长虹　祁琛云
任东景　宋丙涛　宋纯鹏　孙功奇　孙君健　谭　贞　王鹏飞
王思琦　王性玉　王学路　武新军　席卫权　许绍康　杨朝军
杨朝阳　杨光辉　杨国安　于华龙　展　龙　张宝明　张大超
张立新　张锁江

丛书主编：

孙君健

执行主编：

展　龙　杨国安　桓占伟

副主编：

丁翼虎　孔令刚

"夷门传薪学人传"丛书

丛书主编 孙君健
执行主编 展 龙 杨国安 桓占伟

夷门传薪学人传

王汉澜

刘志军 著

河南大学出版社
HENAN UNIVERSITY PRESS
·郑州·

图书在版编目(CIP)数据

王汉澜／刘志军著. -- 郑州：河南大学出版社，2022.8

("夷门传薪学人传"丛书／孙君健主编)

ISBN 978-7-5649-5281-5

Ⅰ.①王… Ⅱ.①刘… Ⅲ.①王汉澜–传记 Ⅳ.①K825.46

中国版本图书馆 CIP 数据核字（2022）第 152650 号

夷门传薪学人传　王汉澜
YIMEN CHUANXIN XUEREN ZHUAN　WANG HANLAN

责任编辑	卢志宇
责任校对	时　海
封面设计	翟淼淼
出版发行	河南大学出版社
	地址：郑州市郑东新区商务外环中华大厦 2401 号
	邮编：450046　　电话：0371-86059701（营销部）
	网址：hupress.henu.edu.cn
排　版	河南大学出版社设计排版部
印　刷	河南瑞之光印刷股份有限公司
版　次	2022 年 8 月第 1 版　印　次　2022 年 8 月第 1 次印刷
开　本	889 mm×1194 mm 1/32　印　张　5.75
字　数	119 千字　　　　　　　　定　价　23.00 元

版权所有·侵权必究

本书如有印装质量问题，请与河南大学出版社营销部联系调换。

述往事思来者根在夷门
（总序）

夷门，是一个比开封还古老的名字。

夷门是战国魏都城的东门，因城门修在夷山之上，故名。

夷门最早的故事与魏公子无忌有关。无忌为战国时期魏国第五任君主魏昭王的小儿子。魏昭王去世后，无忌同父异母的哥哥圉继承王位，是为安釐王。安釐王封无忌于信陵（今宁陵），是为信陵君。信陵君的第一个故事是养士辅政。其时，魏国在与秦国的对抗中，处在不利地位。信陵君仿效齐之孟尝君、赵之平原君、楚之春申君的辅政方法，养士三千，诸侯因此不敢加兵于魏十余年。七十岁的夷门看守人侯嬴与屠夫朱亥，均为信陵君礼贤下士所交好友。信陵君的第二个故事是窃符救赵。公元前257年，秦围赵都城邯郸，赵王的弟弟平原君求救于魏。魏王派晋鄙率兵十万，到达邺地。但迫于秦威，止步不前。信陵君听取侯嬴之计，窃取虎符，与朱亥前往邺地。在晋鄙对虎符有疑时，朱亥椎杀晋鄙。信陵君率兵救了赵国。侯嬴在信陵君到达邺地时，自刎于夷门。

窃符救赵的故事发生一百余年后，司马迁寻访战国争雄的史迹，来到夷门。对千金一诺、侠义热血故事颇有兴趣的司马迁,在《史记·魏公子列传》中做了上述精彩描述,扣人心弦犹如小说家言。信陵君事迹很多,司马迁只记礼士与救赵;信陵君在魏养士三千,详写的只有侯嬴与朱亥。传记的结尾,意犹未尽,作者再次称赞信陵君不耻下交的礼士精神:"吾过大梁之墟,求问其所谓夷门。夷门者,城之东门也。天下诸公子亦有喜士者矣,然信陵君之接岩穴隐者,不耻下交,有以也。名冠诸侯,不虚耳。"仁而谦恭,礼贤下士,成就大业。这是夷门叙事的第一重启示。

公元前99年,司马迁为李陵事获罪,受腐刑,因著书事业而隐忍苟活。受刑的第二年,朋友任安写信询问情况,司马迁写下了传诵千古的《报任安书》,完整描画了一个知识人最高最完美的理想:"近自托于无能之辞,网罗天下放失旧闻,考之行事,稽其成败兴坏之理,……凡百三十篇。亦欲以究天人之际,通古今之变,成一家之言。"据此话推定,《史记》已大致完成。今传《史记》有《太史公自序》,其有感于自己身世,而追述中国历史中圣贤发愤著述的传统:"昔西伯拘羑里,演《周易》;孔子厄陈、蔡,作《春秋》;屈原放逐,著《离骚》;左丘失明,厥有《国语》;孙子膑脚,而论兵法;不韦迁蜀,世传《吕览》;韩非囚秦,《说难》《孤愤》;《诗》三百篇,大抵圣贤发愤之所为作也。此人皆意有所郁结,不得通其道也,故述往事,思来者。"这种圣贤发愤著述的传统,是司马迁完成《史记》的支撑力量,也化为以立言为志的中国士人生生不息的精神资源。"究天人之际,通古今之变,成一家之言"与"述往事,思来者",共同成为读书人立言著述的最高理想。身为记述唐尧以来中国历史的史官司马迁,历史上却没有留下他本人卒年的记载。近代王国维考证,司马迁大约卒于汉武帝末年。勤奋于"述往事,思来者"之业,究天地之际,通古今之变,成一家之言,燃烧自我之身,不计身后之名。这是夷门叙事的第二重启示。

公元960年,北宋政权以开封为都城建立,从而创造了继唐代后又一个统一王朝的辉煌时代。此时距司马迁《史记》成书,已过去千年。夷门不在,夷山依旧。夷山之上,北宋皇祐元年(1049年)建起了开宝寺塔。塔体外立面均为褐色琉璃砖,浑似铁铸,民间俗称"铁塔"。1912年,铁塔南麓,建立了一所大学——河南留学欧美预备学校(今河南大学前身)。河南大学的学生均以"铁塔牌"自称。铁塔成为这所大学毕业生最早的logo(标签)。当年椎杀晋鄙的朱亥,因窃符救赵之功,被授相印,其封地原名聚仙镇,在北宋末,改称朱仙镇。岳飞抗金,取得朱仙镇大捷,也终没有挽救北宋王朝的命运。北宋的成功,在文治而不在武功。20世纪40年代,陈寅恪为邓广铭《宋史职官志考正》作序,有"华夏民族之文化,历数千载之演进,造极于赵宋之世"的称赞。一个以唐史研究见长的史学家,推重赵宋文化,绝非偶然。赵宋时期城与市合一,不需要再像《木兰辞》所言那样"东市买骏马,西市买鞍鞯"。城与市合一的开封,勾栏瓦肆林立,充满着人间烟火气。唐宋以来实行的科举制度,使寒族子弟也可以像世家子弟一样,通过个人的努力,通达社会与文化上层。读书人生气聚集之时,赵宋时期出现了士大夫阶层。士大夫具有超越特定族群、特定利益阶层的历史眼光和宽阔胸怀。祖籍大梁的北宋大儒张载不失时机提出的"为天地立心,为生民立命,为往圣继绝学,为万世开太平"的"横渠四句",成为新兴士大夫群体理想抱负的经典表达。士大夫群体的思想文化创造力活力四射,宋代理学家、史学家、文学家、音乐家、书法家、艺术家层出不穷,群星灿烂,造诣均达极高水平。宋代理学家将儒释道合一,重建儒学体系。新的儒学体系高扬道德的旗帜,以修齐治平调节士人人生期待,以伦理纲常整饬社会秩序。陈寅恪称赞欧阳修晚年所撰《五代史》的功劳在"贬斥势利,尊崇气节,遂一匡五代之浇漓,返之淳正。故天水一朝之文化,竟为我民族遗留之瑰宝。孰谓空文于治道学术无裨益耶?"五四运动过后二十余年,在抗战的炮火中,陈寅恪坚信造极于赵宋之世的华夏文化,本根未死,终必复振。理想、信念、毅力、气节,是读书人的禀赋;立心、立命、继绝学、开太平,为读书人的价值与责任。以治道学术服务国家人民,乃读书的正途与根本。这是夷门叙事的第三重启示。

北宋时期的国子监所在地位于现在的龙亭一带。明代这里辟为周王府。清初,河南贡院一度迁至辉县百泉,清顺治十六年(1659年)河南贡院在周王府旧址修建。因地势低洼积水,雍正九年(1731年)河南贡院迁至夷山南隅。1841年黄河发水,拆河南贡院房舍防洪,第二年重修,新建号舍万余间。1900年的庚子事变,北京用于国家会试的贡院被毁,河南贡院因房舍完好、交通便利,而在1903、1904年成为科举会试所在地。1905年废除科举,河南贡院就成为上千年科举制度的终结地。1912年,河南有识之士在河南贡院的校舍上创办河南留学欧美预备学校,1923年改建为中州大学,1930年易名省立河南大学。因此,从这套丛书的一个人物林伯襄1912年担任河南留学欧美预备学校的校长开始,河南大学叙事便与夷门叙事有了交集,夷门叙事所体现出的精神基因便在河南大学传承延展。与时俱进,百折不挠,在国家、民族站起来、富起来、强起来的百年沧桑中,河南大学以振兴教育、培养人才服务于民族自立、国家复兴和区域发展,成为中原大地高等教育的一棵参天大树。参天地之化,养浩然正气,育万千桃李,以教育报国。此为夷门叙事的第四重启示。

在河南大学迎来110周年校庆之际,学校编写出版"夷门传薪学人传"丛书,嘱我为序。在准备出版的二十多种学人传中,有在河南大学发展的重要节点上做出了重大贡献的主政者,绝大多数是在学校发展的不同时期在学术进步、人才培养方面成绩突出的教授。名人有言:"大学者,非谓有大楼之谓也,有大师之谓也。"这些学者教授就是河南大学的大师。河南大学建立110年来,对国家、对民族的贡献,大部分是通过一代又一代心系桑梓、植根教育的千千万万教育工作者实现的,上述学者教授是千千万万教育工作者的代表。在河南大学这所百年名校中,"究天人之际,通古今之变,成一家之言"的学术创新是他们完成的;"为天地立心,为生民立命,为往圣继绝学,为万世开太平"的学术理想是他们实践的;"参天地之化,养浩然正气,育万千桃李,以教育报国"的百年辉煌是他们参与创造的。这是河南大学110年校庆要编辑出版"夷门传薪学人传"丛书的唯一理由。

有形夷门在司马迁生活的时期已经颓毁,而无形的夷门,留在司马迁的《史记》中,留在宋儒的横渠四句中,留在科举旧地与新式教育的交接中,留在河南大学生生不息的生命意志中。在河南大学建校110年之际,河南大学的注册地移至郑州,但河南大学的办学精神,已经融入河南大学的基因与血脉之中。河南大学从留学欧美预备学校的成立,到今天的"双一流"建设,何尝不是河南有识之士与黄河儿女的"发愤"之作!国家兴亡,匹夫有责,读书人更有责。司马迁"发愤","述往事,思来者"而著"史家之绝唱,无韵之离骚";河南大学"发愤","述往事,思来者"而有发展进步的大手笔、大思路。让我们为之共同奋斗。

放眼寰宇的河南大学,根在夷门。

关爱和
2022年7月

(作者为河南大学教授、博士生导师,中国近代文学学会会长。曾任河南大学校长、党委书记。)

目　　录

第一篇　为人：素心如简　明德惟馨 …………………… 1

一、家学深厚　勤勉致知 ………………………………… 1

　　（一）天资聪慧　五岁开蒙 ……………………… 1

　　（二）千里跋涉　奋发苦读 ……………………… 1

　　（三）战火硝烟　坚守学业 ……………………… 3

二、家风淳朴　孝悌恭俭 ………………………………… 4

　　（一）素服合照　恪守孝道 ……………………… 5

　　（二）步行还乡　温良恭亲 ……………………… 5

　　（三）勤俭持家　书香融融 ……………………… 5

三、饱读诗书　翰墨情愫 ………………………………… 9

　　（一）诗书育心　气质儒雅 ……………………… 9

　　（二）酷爱书法　功力深厚 ……………………… 10

　　（三）擅作诗词　直抒胸臆 ……………………… 11

四、历尽沧桑　千仞无枝 ………………………………… 22

　　（一）坎坷一生　饱经风霜 ……………………… 23

　　（二）执教河大　五十余年 ……………………… 24

　　（三）晚年自吟　乐以忘忧 ……………………… 25

　　（四）溘然长逝　两袖清风 ……………………… 27

第二篇　为学：道器兼顾　守本开新 ············· 31
　一、厚学敏思，在教育基本理论领域寻道阐理 ·········· 31
　　（一）关于教育本质的灼见 ················· 33
　　（二）关于教育价值的透识 ················· 36
　　（三）关于教育规律的彻读 ················· 37
　　（四）关于教育、环境和人的发展的关系的卓知 ··· 38
　　（五）关于劳动教育的远瞩 ················· 39
　二、学以致用，在教育理论与实践之间架构桥梁 ········ 41
　　（一）简洁实用的百分比图算法 ·············· 42
　　（二）走出传统训诫的谈话教学 ·············· 44
　　（三）全面育人的学生学业评价 ·············· 45
　三、与时俱进，在教育学科教材建设方面贡献突出 ······ 46
　　（一）为公修教育学教材建设殚精竭虑，树立了教育
　　　　学教材建设史上的里程碑 ··············· 46
　　（二）为教育科学研究方法教材建设锐意创新，
　　　　填补了多项国内空白 ·················· 52

第三篇　为师：勤恳敬业　桃李天下 ············· 65
　一、身许孺子　矢志不渝 ····················· 65
　　（一）河大求学　立志为师 ················· 65
　　（二）母校任教　爱岗敬业 ················· 66
　　（三）遇挫不息　历久弥坚 ················· 66
　　（四）老骥伏枥　吐尽银丝 ················· 67
　二、舌耕笔耘　教书育人 ····················· 68

　　（一）教研先行　发挥学科优势 ………………… 68
　　（二）深广新实　打造高效课堂 ………………… 70
　　（三）育人为本　激励学生成才 ………………… 72
三、传道授业　润物无声 …………………………… 74
　　（一）精读经典　厚植学术根基 ………………… 74
　　（二）拓展视野　激发学术旨趣 ………………… 76
　　（三）理器双修　积蓄学术能量 ………………… 80
　　（四）和谐氛围　陶冶学术情怀 ………………… 85
　　（五）研究创新　促进学术成长 ………………… 88
四、仁心仁闻　香远益清 …………………………… 92
　　（一）爱生如子　师者父母心 ………………… 92
　　（二）有教无类　贤契慕名来 ………………… 101
　　（三）仁爱远播　学界声望高 ………………… 104

第四篇　为政：尽心竭力　开拓进取 ……………… 113
一、扎根学科　继往开来 ………………………… 113
　　（一）学校流亡办学中，就读河南大学教育系…… 113
　　（二）教育系调整转型期，坚守于教育教研室…… 115
　　（三）教育系恢复重建后，领衔布局学科发展…… 115
二、创建学会　领军河南 ………………………… 118
　　（一）历尽艰辛　率先建会 ………………… 118
　　（二）学术为本　服务立会 ………………… 120
　　（三）鞠躬尽瘁　死而后已 ………………… 122
三、担纲民盟　参政议政 ………………………… 124

（一）十年主委　凝心聚力 …………………… 124
　　（二）坚定不移　忠于职守 …………………… 130
　　（三）带动盟员　服务社会 …………………… 133
四、人大政协　府门建功 …………………………… 135
　　（一）两会履职　担当重任 …………………… 135
　　（二）发挥专长　聚焦教育 …………………… 137
　　（三）建言献策　积极作为 …………………… 141

附录 …………………………………………………… 148
　一、王汉澜生平大事简记 ………………………… 148
　二、纪念文章摘选 ………………………………… 154
　　敬仰的丰碑　心中的歌
　　　——回忆我们的父亲王汉澜先生 ………… 154
　　巍巍吾师　高山仰止
　　　——回忆我们的导师王汉澜先生 ………… 161

大学之道，在明明德，在亲民，在止于至善。物有本末，事有终始。古之欲明明德于天下者，皆知格物、致知、正心、诚意、修身、齐家、治国、平天下的先后之道，也皆是以修身为本。

王汉澜出身书香，精通儒学，深悟大学之道。他以德为先，修身为本，温润如玉，教化从容，自强不息，笃行致远。为人，素心如简，明德惟馨；为学，道器兼顾，守本开新；为师，勤恳敬业，桃李天下；为政，尽心竭力，开拓进取。

适逢河南大学建校110周年暨河南大学教育学科建立100周年之际，借以此传，从为人、为学、为师、为政四个篇章，追忆王汉澜的生平事迹，品读王汉澜的人生故事，感悟王汉澜的人格魅力。

第一篇 为人:素心如简 明德惟馨

王汉澜1924年10月14日(农历九月十六日)出生于河南项城一个书香之家,自幼勤敏好学,淳朴良正,恪守孝悌恭俭,精通诗词,妙于翰墨,一生历尽沧桑,为人光明磊落。

一、家学深厚 勤勉致知

(一) 天资聪慧 五岁开蒙

1924年10月14日,王汉澜出生在河南省项城市王明口镇柳杭村的一个世代书香家庭。祖父王升庆曾任项城县高等小学校校长,父亲王泽五曾是项城县立第二小学首任校长。王汉澜天资聪颖,自幼好学,5岁即师从名儒阎坤瑞开始蒙学,6岁随父亲进入县立小学读书。在父亲的严格要求与悉心培养下,他从小即养成了良好的读书习惯。

(二) 千里跋涉 奋发苦读

1936年秋,王汉澜考入周口颍滨初级中学,开始接受"新式"教育。1938年,王汉澜从颍滨初中毕业时,正值日寇侵入中原,家乡濒于沦陷。在这种情况下,他抵御了经商的诱惑,不畏艰险,千里跋涉,远赴南阳,并于1939年6月考入因战乱西迁至淅川的省立商丘中学。在那里求学的三年中,虽然生活艰难,物质匮乏,但他不畏困苦,奋发努力,历练了孜孜以求、勤奋好学的良好品质,为以后的学习、生活和工作奠定了坚实的基础。

2001年11月,王汉澜在与几位商中同学叙旧时作诗抒怀,写下了《忆商中》,描述了当年求学的艰苦与收获。

忆商中①

抗日烽火燎中原,商中迁徙到淅川;

黄河街②上风光好,关圣庙里把校安。

各科名师③齐荟萃,潜心垂教将业传;

团结勤奋尚朴实,紧张有序纪律严。

莘莘学子争上进,奋发学习意志坚;

食不饱腹④不觉苦,居住茅屋⑤未畏寒。

---

① 指河南省立商丘中学,内分初中部、高中部,王汉澜在商丘中学读的是高中。

② 黄河街不是淅川县城内的一条街,而是距淅川县城80里的沿大路仅有二十来户人家的一个过路小镇,它背倚大华山,面临丹江水,拥有十来平方公里的小平原,地形美好,街上有一座破旧的关圣庙,又有几幢空民房,故将学校安置在此。

③ 指蔡岫生、徐正斋、李毅之、程百让、祁鸿滨、魏焕庭、段聘卿、蔡少奇等老师。

④ 当时战区学生吃贷金,伙食每日三餐都是只发一个半斤重的馍,面汤如稀水,顿顿是咸菜或水炒萝卜干,吃不饱。这样的伙食,王汉澜吃了三年。

⑤ 当时王汉澜住的宿舍是干打垒的土墙,上面铺上茅草的房。

田间地头尽书声①,桐油灯下②夜迟眠;
朝读暮练成风气,敬业乐群盈校园。
爱国救亡情绪高,同学友谊亲无间;
德智体美俱先进,艰苦卓绝史空前。
阔别母校六十载③,优良学风永怀念;
吾等所以有今日,窃以缘由那三年。

(三)战火硝烟　坚守学业

1942年,王汉澜从省立商丘高中毕业,并以优异的成绩考取国立河南大学教育系,立志献身教育事业。此时正值抗日战争时期,教育系随河南大学几经辗转,被迫西迁至嵩县潭头镇(今属栾川县)。战火硝烟中的大学,条件艰苦,政治局势动荡不安。王汉澜入校不久,国民党当局和特务组织的"伏牛山工作团"就到河南大学展开逮捕行动,王汉澜十分敬重也深受其影响的陈仲凡教授和陈梓北教授都遭到了审讯和关押。

1944年,王汉澜母亲去世,他回家治丧。返校途中,在舞阳不幸被日军拉去当苦力,吃尽了苦头。后来虽然用巧计脱险,但此时正值日寇侵袭潭头,河南大学数十名师生惨遭杀戮,全校被

---

① 每日早上、下午课后和星期天,学校周围的田间地头,尽是朗读外语和语文的声音。
② 当时每个学生都自备一个小铁皮油灯,点的是桐油(当地产桐油,便宜,但黑烟大、光不亮又难闻,第二天早上吐出的是黑痰)。
③ 王汉澜1939年进入省立商丘中学,1942年暑期毕业,距写作此诗时已达60年。

迫转移到豫、鄂、陕三省交界的荆紫关,后又被迫迁至西安、宝鸡。王汉澜无法回到流亡中的学校,只好又折返家乡,无奈休学一年。休学期间,王汉澜受聘于河南省第七行政区联立师范学校,由于他功底深厚,灵活运用科学的教育理论和方法,教学效果出众,在家乡获得了"才子""名师"的美誉。

1945年,抗日战争全面胜利后,河南大学结束了长达8年的流亡办学生涯,从宝鸡迁回开封。当听到复课的消息后,王汉澜独自一人,身背干粮,步行几百公里返校复学。回校后,他刻苦钻研,学以致用,于1946年研究出"关于未归类四分点的计算公式",备受老师和同学们的赞赏,后经陈梓北教授推荐,在1947年毕业前夕,将此研究成果分两期发表在《师友》(半月刊)(第2卷第4、5期)上。

二、家风淳朴　孝悌恭俭

王汉澜出生在书香之家,自幼受到良好的家庭教育和传统文化的熏陶,他不仅养成了温良恭俭让的儒者品质,也成为淳朴、厚道、诚信、守规等优良家风的忠实践行者。

《大学》中,"为人君,止于仁;为人臣,止于敬;为人子,止于孝;为人父,止于慈;与国人交,止于信"是对"大学之道,在明明德,在亲民,在止于至善"中"至善"的解释。王汉澜也常说"尽子义,行孝道"是对一个人最基本的要求。王汉澜的儿孙们继承了他的孝道,在2020年清明节时,他的儿子们共同撰写了《敬仰的丰碑　心中的歌——回忆我们的父亲王汉澜先生》一文纪念父亲,孙儿们也写下了一些追忆爷爷的片段,在这里我们转述几段,以感触王汉澜家的门风和书香。(更丰富的内容参看附录中《敬仰的丰碑　心中的歌——回忆我们的父亲王汉澜先生》)

(一)素服合照　恪守孝道

大儿子广临说:记得有一次翻看影集,见到父亲一张集体合影照,一群年轻人意气风发,挥斥方遒,有的着长衫,有的西装革履,再看父亲一身布衣布鞋,甚是不解。父亲满怀深情地给我们讲,这是他大学时期的同学集体合影,当时奶奶因病去世,他是在守孝期穿着孝服孝鞋拍照的。从父亲湿润的眼眶中我们懵懵懂懂地认识了"孝",也可想象到他十几岁就失去母亲的痛苦和艰难。

(二)步行还乡　温良恭亲

二儿子昴临说:1994年春节过后,父亲带着我们兄弟五人第一次回项城老家省亲。父亲是"弱冠离乡七十归",离村口老远,父亲就招呼司机停车,领着我们步行几百米走进阔别几十年的故乡。他拜访长辈,同乡邻话家常,祭奠祖先。家乡风光无限好,一草一木倍觉亲。父亲为支持家乡发展建设倾注了极大热情,欣然接受了修撰家谱的邀请。

(三)勤俭持家　书香融融

大儿子广临说:勤俭节约是父亲最为推崇和看重的,常常对我们讲"一粥一饭当思来处不易,半丝半缕恒念物力维艰"。目睹生活中的细微之处,勤俭持家已留下伴随一生的烙印。

二儿子昂临说:我们最喜爱跟父亲写春联,那时大家围在桌边,父亲一边给我们讲春联的有关知识,什么形式对仗,内容吉祥等,一边指导我们如何把墨研好。父亲写时我们就争着在桌子前边慢慢拉纸,只见他胸有成竹,挥运自如,写出的字清润秀雅,韵味独具,呈现出浓郁的儒雅书卷之气。父亲讲到自己练毛笔字是受家庭的熏陶,上小学比赛时拿不到第一名就不吃饭,因此练就了扎实的书法功底。我们兄弟耳濡目染,也开始描红练字,慢慢地,也知道了颜、柳、欧、赵等书体,知道了王羲之、米芾等书法家。

三儿子明临说:父亲将祖上书画装裱的独门技法手把手传授给我,并为我创办的装裱工作室亲笔题写了"翰宝斋"匾额,使优秀的非物质文化遗产得到传承与发展。父亲在培养我们书法兴趣的同时,还诚请前辈于安澜先生为我们兄弟篆刻了印章,岁月更迭,这份爱使我们更感弥足珍贵。父亲晚年手抖得厉害,但他仍然坚持写毛笔字,不少作品参加书法展览,有的作品被市档案馆、市政协等单位收藏。现如今,我们兄弟也都坚持书法和绘画,传承父亲给我们的传统文化技艺,有许多作品参加展览并获奖,这与父亲对我们的培养和教育分不开,也是父亲留给我们的精神财富。

四儿子卫临说:父亲很注重读古代经典文献,他能把《古文观止》中的《阿房宫赋》《前赤壁赋》《醉翁亭记》等散文轻松准确地背诵下来。他常说《古文观止》中好词好句,数不胜数,录不胜录,经典只有背诵才能深深地融入脑子里,融会贯通,才能运用,写作时才能文思泉涌。每到寒暑假,父亲就辅导我们读一些古代文学经典。夏季闷热犹如蒸锅,蝉在树上吱吱作响,我们就在院子里支一张床,一本薄薄的《唐诗三百首》,就让满院响起了童稚的读书声。李白的"花间一壶酒,独酌无相亲""相看两不厌,只有敬亭山";杜牧的"远上寒山石径斜,白云生处有人家";陈子昂的"前不见古人,后不见来者";杜甫的"无边落木潇潇下,不尽长江滚滚来"……读着它们,模模糊糊地感觉到时间、空间都是无限广大。读了几遍谁能背诵下来,就跳起来,无比自豪,轻松了许多,就这样我们愉快地度过了酷热室闷的夏季。

五儿子裕临回忆说:读初中时,我们渐渐懂事,父亲常用一套一套词句教育我们。什么"读书须用意,一字值千金""学者如禾如稻,不学者如蒿如草""积德百年元气厚,读书三代雅人多"等等。父亲脱口而出时,我们总觉得顺口好听,有韵味,于是就跟着记一些,在父亲的教诲下,我们兄弟读书也下起功夫。于是他又说"半部《论语》治天下,读了《增广》会说话,看了《易经》会算卦",这样我们才知道父亲平时讲得朗朗上口的词句大都出自《增广贤文》。长大后,我们兄弟也当上了老师,也都时不时地用上几句,"莫道君行早,更有早行人""一年之计在于春,一日之计在于寅""良药苦口利于病,忠言逆耳利于行"等,教育自己的学生要珍惜时光,用功读书。我们继承了父亲忠诚教育的敬业精神,也在教育这片沃土上收获了人生的幸福和自豪。

孙女王睿回忆说:爷爷奶奶对我们孙子辈关怀备至,疼爱有加,爷爷每次出差回来,都会给我们带些礼物。有一次爷爷给我买了一个粉红色的文具盒,上面有卡通画,很时尚,里面有一把尺子和一块橡皮,我爱不释手,藏用至今,时时用这把尺子丈量自己的成长,用这块橡皮修正自己成长中的过错,反省自己,求学立身。

孙子王昀回忆说:在我的脑海里铭记的是,爷爷无论酷暑寒冬总是坐在书桌前著书立说,花白的头发,微驼的脊背,用抖颤的布满皱纹的手,书写了他对教育的思考和创新性研究。爷爷就是一种学者范儿,是一尊雕像,是我心中的一座丰碑,给我筑下了自强不息的精神根基。

孙子王畛回忆说:自小我跟随爷爷奶奶成长。在我儿时的印象中,爷爷是一位自律性非常强的教师,日夜不懈,兀兀穷年地读书和写作。他对学生的要求非常严格,观点不正会严厉批评,连作业中的错别字和标点符号错误也不放过。……爷爷生动的人生经历一直激励着我学习,让我懂得感恩和回报党对我们的培养。从河南大学幼儿园至河南大学研究生,直至现在成为一名光荣的大学教师,我一直牢记河南大学"明德新民,止于至善"的校训,立志将爷爷"深、广、新、实"的教学方法传承好、发扬好。

孙女王晋回忆说:爷爷很少对我们发脾气,遇到我们学习偷懒时,总是耐心地给我们讲述他艰苦求学的经历——"守城的日本兵搜刮了身上的盘缠""饥寒交迫住草棚,身染重疾九死一生""负笈千里,苦读深山",这些故事总是能治疗我们的懒病。遇到学习困难,爷爷也总是先讲一些容易的题,然后再讲难题,他说这叫循序渐进,这是教育规律。

孙女王悦回忆说:我是孙子辈中最小的一个,每次回爷爷奶奶家,总是看到爷爷在书房看书写作,有时我嗔怪爷爷总是写啊写的不陪我玩,爷爷则会笑着说他在备课,说要在上课前把在课堂上要教的知识及学生会提什么问题都备在头脑里,这样才能使课堂教学更加顺利,更有成效。……如今,我也走上了教育工作岗位,爷爷对教育教学的态度一直影响并激励着我,爷爷的教导在我们这一辈也得到了传承。

三、饱读诗书　翰墨情愫

(一)诗书育心　气质儒雅

孔子曰:"不学《诗》,无以言;不学《礼》,无以立。"王汉澜崇尚圣贤,饱读经典,腹有诗书气自华,言谈举止和眉宇间总是透着一种超凡脱俗的睿智灵气。

图1-1是王汉澜30岁时在上海学习期间所照,可谓温文儒雅,气宇不凡。

图 1-1　王汉澜 30 岁小照

(二)酷爱书法　功力深厚

王汉澜酷爱书法,留下了多幅墨宝。王汉澜的字功力深厚,技法精湛,气韵通畅,神采飞扬,收放自如,浑然天成。笔墨中可见王汉澜之酣畅神韵,体现了王汉澜豪放而不轻浮、沉着而不僵滞的大家风范。

图1-2是王汉澜于1991年为家乡的一位塾师(闫竹轩,字逸园)出版的《逸园诗选》所作的题词:"逸园花枝秀,竹轩气宇高。"

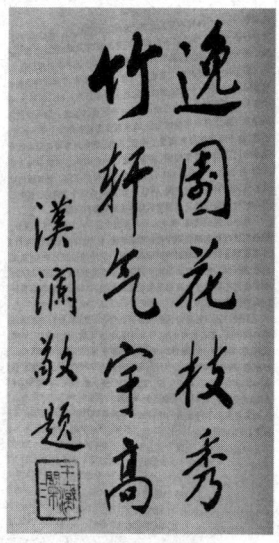
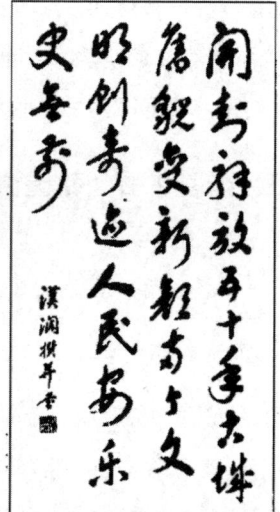

图1-2　王汉澜手书:　　图1-3　王汉澜手书:
　《逸园诗选》题词　　　庆祝开封解放五十周年

图1-3是王汉澜于1998年在庆祝开封解放五十周年时命

笔而书:"开封解放五十年,古城旧貌变新颜;两个文明创奇迹,人民安乐史无前。"此诗手写体被收入《纪念开封解放50周年沧桑巨变》一书,原手写的大幅中堂裱好后,被开封市博物馆收藏。

图1-4是王汉澜书房里悬挂的他亲笔手书的《荀子·儒效》中的名句:"志安公,行安修,知通统类""隐而显,微而明,辞让而胜"。此警句既是王汉澜立志做大儒、做君子的座右铭,也是他为人为学的写照。

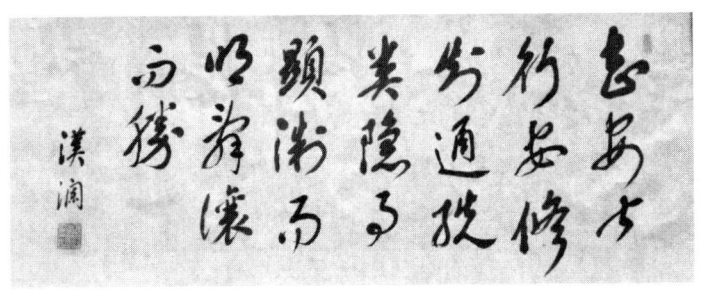

图1-4 王汉澜手书:荀子名句

(三)擅作诗词 直抒胸臆

王汉澜精通诗词歌赋,习惯于运用诗词直抒胸臆。他的诗词有多篇被报刊登载,大致可以分为庆赞、勉进、怀念、记述等类。

就庆赞类诗词来说,王汉澜用诗词讴歌了党的十一届三中全会、建国五十周年、建党八十周年,也用诗词欢庆香港回归、澳门回归、庆祝开封解放五十周年、民盟成立六十周年、开封市人大常委会成立十五周年,还用诗词颂春节、颂菊、赞叶剑英元帅

《八十书怀》、贺李秉德先生八十五华诞、贺教育系女生荣获校田径第一。从这些词作中,我们不仅由衷地敬仰王汉澜的诗词功底,也深深地感佩王汉澜积极拥抱时代发展的通达情怀。

赞党的十一届三中全会

满怀激情贺"三中",历史是非已澄清;

实事求是成路线,平反昭雪真英明;

经济建设是中心,四项原则要坚行;

革命航向拨得正,人民拥戴邓小平。

（1978）

建国五十周年颂

建国五十年,山河换新颜;

楼房遍地起,粮棉堆如山;

家家有电器,人人衣着鲜;

交通成立体,光缆布村园;

市场物价稳,经济百倍翻;

初教已普及,文盲将扫完;

医疗改善大,人寿普遍延;

探险南北极,卫星飞上天;

奇耻洗刷去,国防牢而坚;

朋友满天下,华誉响人寰;

政通人和顺,国泰民享安;

伟业歌不尽,丰功代代传!

（1999）

庆祝中共建党八十周年

庆祝建党八十年,万方乐奏响九天;
贫愚弱卑尽扫去,国泰民安史无前;
"十五"计划催人进,锦绣河山谱新篇;
红日高照千秋业,丰功伟绩代代传。

(2001)

欢庆香港回归

上纪清廷昏无能,国土沦丧受欺凌;
今朝港九回祖国,百年耻辱一雪清;
一国两制创世举,人类史册永镌铭;
炎黄子孙多壮志,古老神州定大兴。

(1997)

欢庆澳门回归

春风拂煦南海湾,濠江水暖莲花鲜;
燕子衔云吉祥报,珠还合浦举国欢;
三巴门前霾雾散,妈祖面容透笑颜;
阳光普照神州地,港湾景色更灿烂。

(1999)

庆祝开封解放五十周年

开封解放五十年,古城旧貌变新颜;
两个文明创奇迹,人民安乐史无前。

(1998)

庆贺民盟成立六十周年

庆贺建盟六十年,优良盟风要承传;

反帝爱国求民主,四项原则厉行严;

殚精竭虑兴国事,披肝沥胆把政参;

两个文明献技艺,维护稳定视为先;

统一大业尽心力,忠贞服务守清廉;

欣逢盛世催人进,祝愿为国多贡献!

(2001)

春节颂

风雨送春归,斗柄回寅位;

堂前燕雀舞,院内蝶蜂飞;

百帆竞相发,万马齐跃威;

长征出发时,愿吾共举杯。

(1978)

如梦令

迎1985年贺词

(一)

升平盛世空前,人民安适乐天。而今更喜那,城乡经济发展。发展,发展,生活更加美满。

(二)

教育体制将变,我校定要改观。目前已看见,改革之花初绽。初绽,初绽,他日更为鲜艳。

(1985)

读叶帅《八十书怀》

手捧华章忆废兴,吾侪衷心爱诗翁;

辅佐导师创大业,消除"四害"立奇功;

深谋远虑韬略广,赤胆忠心品质贞;

天枢璇玑照万代,满目青山绿葱葱。

(1977)

贺李秉德先生八十五华诞

秉承洙泗扬春风,德修伊洛享美名;

神州大地满桃李,寿比南山不老松。

(1997)

渔家傲

贺教育系女生荣获校田径第一

我系女生二十七,朴实娴雅苦学习。女排精神长相记。真可喜,田径会上夺第一。

一杯清茶祝胜利,再接再厉添志气。莫道我们是小系。齐努力,振兴中华创奇迹。

又续感言:

我系女生二十七,人少哪被人注意。怎奈彼等有志气,田径会上创奇迹。贡献岂论人多少,"三乐"正符吾心意。

(1982)

贺开封市人大常委会成立十五周年

历经辉煌十五年,菊城群众赞连篇;

法律监督伸正义,遇事不正则纠偏;

几多兴旺缘提议,忠于人民行职权;

民主法治须深入,确保国家磐石坚。

(1995)

颂菊

九九重阳来,金菊傲霜开;

绚丽质洁朴,风姿神溢才;

刚毅抗寒风,清馨涤尘埃;

人品若如此,岂不好快哉!

(2001)

就勉进类诗词来说,王汉澜经常参加同学们的座谈会,并多次即兴赋诗填词以勉励师生。除夕夜、座谈会,与同学们联欢,与毕业生重聚,王汉澜对学生的关爱与期许,尽在心头眼底。

除夕系内座谈

一年一度过除夕,今岁更比往岁喜;

"决议"一书昭天下,全国思想大统一;

体坛群星夺魁首,吾系工作遇良机;

同心合力齐奋斗,振兴教育把功立。

(1981)

生查子

1982年除夕与同学联欢

去年除夕时,教室灯如昼,

歌声满高楼,师生共辞旧。

今年除夕时,师生又聚首,

击鼓传花球,前程更锦绣。

(1982)

忆王孙(二首)

1983年除夕与同学联欢

(一)

东风送暖气候温,桃李花开满园春,欣欣向荣景象新。真宜人,园丁之乐说不尽。

(二)

东风送暖气候温,苗儿茁壮喜煞人,吾愿施水培其根。勤耕耘,换得他年树成荫。

(1983)

捣练子(二首)

1985年除夕与研究生座谈

(一)

研究生,不一般,士中尖子人称赞。岂知任务非常重,科学高峰不易攀!

(二)

须努力,莫偷闲,艰苦奋斗去攻关。创新精神要发挥,玉皇顶上显才干!

(1985)

圣诞节与研究生座谈

生查子

辞岁年年有,今年不同旧,缘在"十四"后,改革成巨流。

迎春年年有,贵在有鸿猷,祝君酉年里,学业更丰收。

长相思

更丰收,庆丰收,到时摆出新成就,把盏共饮酒。
乐悠悠,歌悠悠,看您多风流。

又

多风流,真风流,莫忘时代所要求,继续向前走。
勤探究,深探究,学术路上永搏斗,愿您成新秀。

（1992）

新年赠言

担任导师十余年,舌耕笔批未偷闲;
体用兼授不觉苦,教学相长堪称甜;
丹青不知老已至,函文有情终眷恋;
而今行将离坛去,谨以数语作赠言;
为学立志最重要,选定方位最关键;
外语电脑需掌握,讲课写作要过关;
事业成就靠自持,人生价值贵贡献;
辞旧迎新抒心志,敬希诸君永向前!

（1996）

贺与教科院85级同学重聚

诸君毕业整十年,喜庆今日重团圆;
交流经验叙情谊,得知信息心里甜;
祖国形势一片好,教育繁荣史无前;
师生携手向前进,齐力迎战新纪元!

（1999）

水调歌头

贺与教科院 81 级同学重聚

相别十五年,叫人好想念,久盼重聚直到今日才如愿。互叙生活情况,交流工作经验,情深倾盖谈。欢声共笑语,话儿说不完。众贤契,光烁烁,功灿灿,春风得意公门学府成骨干。母校赢得荣誉,老师为之梦圆,万事此最甜。愿君再努力,前程更灿烂。

(2000)

就怀念类诗词来说,王汉澜曾用诗词缅怀周总理,悼念自己的恩师杨震华教授、陈仲凡教授、陈梓北教授。语言虽朴实简单,但王汉澜对先师的尊敬之情却是浓烈隽永。

满江红

缅怀周总理

素衣黑纱,肃立在总理像下。抑不住,内心悲痛,热泪盈颊。德配天地世罕有,功满环宇全球夸。真正是,人间杰出的,革命家。　　爱人民,救华夏。联五洲,反两霸。辅佐毛主席,治理国家。鞠躬尽瘁为人民,光如日月照中华。谨向您,伟大的英灵,献束花。

(1976)

悼念杨震华教授

诗句清新响"五四",学术名垂心学史;

为人忠厚孚众望,春风化雨好老师。

注:杨震华教授是我读大学时的心理学老师。他学识渊博,教学内容

丰富，为人忠厚，平易近人，能弹善舞，淡泊名利，诗句清新，热爱学生，是深受同学欢迎的一位老师。

（1978）

悼念陈仲凡教授

身履教坛四十年，崇尚真理受磨难；

治学严谨性格爽，爱生敬业是楷范。

注：陈仲凡教授是我读大学时的系主任。他性格直爽，崇尚真理，大义凛然，热爱学生，多次营救被反动派迫害的学生，受过反动派逮捕和被学校解聘的磨难。他讲授逻辑学、教育哲学、性格学，治学最为严谨，我深受教益，永不能忘，诚为我的恩师也。

（1979）

怀念陈梓北教授

积极谱歌为抗战，爱国捐献走在前；

潜心科研真师表，赤诚育人树典范。

注：陈梓北教授是我的教育测量与统计学的启蒙老师。他热爱祖国，勇于奉献，善于谱写歌曲，在珠算、心算、指算的研究上尤为精深，科研精神最为感人。他一生勤俭，忠诚人民教育事业，全心全意教书育人，使我受益匪浅，是我永远不能忘怀的老师。

（2001）

就记述类诗词来说，王汉澜不仅用诗词记述了自己首次赴德庆探亲和春节回乡的感受，也有对于第一个教师节和面向新世纪的抒怀。这些诗词画面生动，情真意切，句句彰显着一种积极的生命情态。

首次赴德庆探亲

岁次一九七八年,长沙会毕下岭南;

趁便探亲德庆去,多年心愿得偿还;

汉婉保荣和相处,工作顺适身体健;

志雄志强知努力,刻苦学习肯登攀;

乡朋良友满县城,相互关照令人安;

欣慰之余游星湖,水光山色更添欢;

心情舒畅归汴来,全家闻之尽开颜;

为了记述此行事,特赋斯诗作纪念。

(1978)

教师节抒怀

身许孺子数十年,备受尊重史无前;

伏枥老骥曷所欲,吐尽银丝效春蚕。

(1985)

春节回乡观感

弱冠离乡七十归,柳杭面貌大更新;

茅屋残垣不复见,红墙紫瓦栉比鳞;

青龙[1]伏卧村西口,金麒[2]跃踞衢东门;

虹狮[3]守卫北大坡,赤乌[4]屹立村中心;

绿水绕绕环四周,翠柳行行镶全村;

银灯照亮千百户,彩电音响处处闻;

纵横马路交叉过,集市贸易"赵公"[5]临;

五业兴旺奔小康,杏坛[6]繁荣满园春;
家乡风光无限好,一草一木倍觉亲;
村委乡亲齐会晤,促膝把盏情意深;
此行了却多年愿,聊慰族上与乡邻;
但愿今后常联系,家乡建设更如锦。

注:1.青龙指村西水泥桥与谷河堤。2.金麒指村中人民沟透亮碑处的砖桥。3.虹狮指导洪闸门。4.赤乌指咸丰四年修建的老谷河上的三孔石桥。5.赵公是指民间传说的财神,叫赵公明。6.杏坛是指柳杭小学。

(1994)

迎戊寅年抒怀

丁丑盛事喜联翩,迎来戊寅虎气添;
旌麾招展扬华威,跨世宏图耀人寰;
政通人和创伟业,国富民强举世瞻;
升平盛世歌不尽,桑榆之年乐无限!

(1998)

四、历尽沧桑 千仞无枝

人们常说,言为心声,文如其人。除上述所摘选的诗词外,王汉澜的《自述》《自慰》《自吟》更是描绘了他饱受忧患的传奇人生,也充分体现了他拥抱时代发展的积极心态、淡泊明志的人生境界和清廉正直的人格之光。

第一篇　为人：素心如简　明德惟馨

（一）坎坷一生　饱经风霜

1992年7月,68岁的王汉澜用《自述》回忆了自己历经坎坷、波澜壮阔的一生。字里行间,多少磨难,多少无奈,但他始终积极上进,负重致远。

年老好回忆,往事常萦胸;择要写出来,意使子孙明。
六岁入县小,人夸脑子灵;夜以继日学,敢与人争胜。
步入初中后,家中厄运生;弟兄连续伤,慈母患重病。
父亲害喉疾,失业家中停;孤弱零丁我,常虞于非命。
为求能自立,誓志把书攻。但愿学力高,居外能谋生。
抗日烽火起,十五离乡井;奔波千里外,考入省高中。
苦读整三年,顺利把学升;进入大学里,乡亲齐敬重。
四四年腊月,母亲病逝恸;匍匐奔丧回,未得瞻懿容。
为竟学业事,未敢家内停;忍痛去返校,路上遭险情①。
被迫回家转,继母立堂中;怏怏心不乐,散心去县城。
受聘到联师②,教书一年整;由于功底硬,讲课出了名。
恰逢抗日胜,复学③到汴京;又读一年半,结束学历程。
虽说学业好,事不与愿从;为求河大职,受骗江南行。
河大事无望,乞食张勋亭④;寄人篱下苦,南京是典型。

---

①　险情是指1945年旧历正月、二月,日寇侵犯南阳,王汉澜返校途经舞阳时,被日军拉去当苦力,利用巧计方脱此险。
②　联师指河南省第七行政区联立师范学校。
③　复学指回到国立河南大学续学。
④　张勋亭是王汉澜的同乡,在部队工作。

生活难维系,卖菜衡阳城;冒险去海口,为报超凡①情。
颠沛一年多,受尽苦和穷;痛恨旧社会,决心奔革命。
来到解放区,处处见光明;承蒙党信任,工作教育厅。
未及九个月,选拔回系②中;多年梦求事,于兹方算成。
呕心搞教学,力争高水平;沥血作科研,勇于攀高峰。
为事尽心力,与人为善行;做了应做事,多方给肯定。
悠悠岁月过,奋斗数十冬;耿耿赤诚心,聊以慰平生!

(二) 执教河大 五十余年

1999年,王汉澜临近退休,他挥毫书写了一首七言《自慰》,概括自己的教学生涯(见图1-5)。

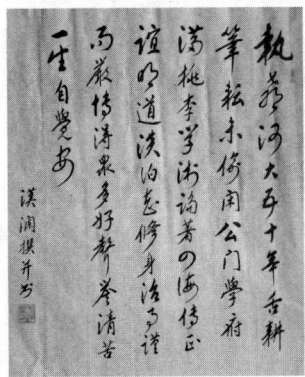

图1-5 王汉澜手书:《自慰》

执教河大五十年,
舌耕笔耘未偷闲;
公门学府满桃李,
学术论著四海传;
正谊明道淡泊志,
修身治事谨而严;
博得众多好声誉,
清苦一生自觉安!

---

① 超凡指郭超凡,是王汉澜爱人的族叔,王汉澜到广州,在生活上全靠他的接济。
② 指回到河南大学教育系任教。

(三)晚年自吟 乐以忘忧

2000年,王汉澜退休后,继续坚持伏案考考(见图1-6),日夜不懈,不知病痛加身,不知老之将至。对于胸背出现的难言疼痛,王汉澜拒绝到医院检查诊治,他一方面用大剂量的止痛片缓解疼痛,另一方面加紧将自己的学术论文、经验报告、讲话发言、序言题词、评审鉴定、诗词歌赋等进行分类整理,完成了被列入河南大学名家文存系列的《王汉澜文集》初稿。该文集于王汉澜去世5周年之际(2007年4月)由河南大学出版社正式出版,共计63.3万字(见图1-7)。

图1-6 王汉澜晚年工作照　　图1-7 《王汉澜文集》

文集初稿完成后,王汉澜志得意满,想到自己一生一次次战胜磨难,从苦到甜,实现了人生价值,颇感欣慰,随命笔而作《晚年自吟》(三首)(见图1-8),用"难难难""干干干""贤贤贤"

"甜甜甜""愿愿愿""圆圆圆",吟唱了自己奋楫笃行、自强不息、臻于至善、乐以忘忧的完满人生。

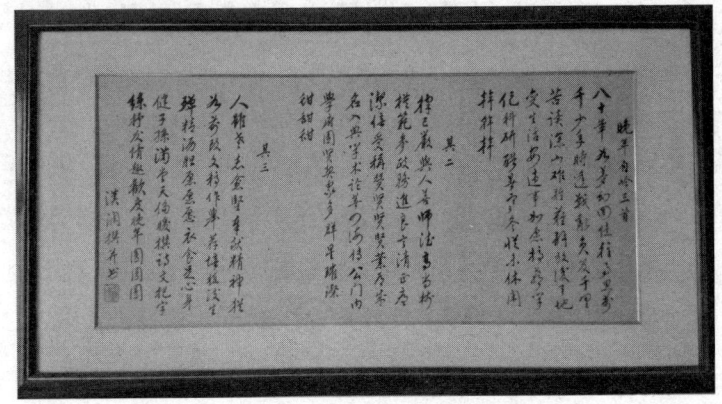

图 1-8 王先生《晚年自吟》手写版

晚年自吟(三首)

其一

八十年,如梦幻,回忆往事思万千。少年时,逢战乱,负笈千里,苦读深山。难,难,难!

解放后,天地变,生活安逸事如愿。搞教学,作科研,酷暑寒冬,从未休闲。干,干,干!

其二

律己严,与人善,师德高尚树模范。参政务,进良言,清正廉洁,备受称赞。贤,贤,贤!

业有成,名入典,学术论著四海传。公门内,学府园,贤契众多,群星璀璨。甜,甜,甜!

其三

人虽老,志愈坚,奉献精神犹如前。改文稿,作举荐,培植后生,殚精沥胆。愿,愿,愿!

衣食足,心身健,子孙满堂天伦暖。撰诗文,把字练,抒发情趣,欢度晚年。圆,圆,圆!

另外,王汉澜召集全家到照相馆照了一张大合影,用喜气洋洋的全家福定格了他圆满的人生画卷(见图1-9)。

图1-9 王汉澜全家福

(四) 溘然长逝　两袖清风

2002年春节前夕,王汉澜的身体不适加剧,他似乎感觉到了生命终点将至。为了不破坏春节的欢乐气氛,他忍着病痛拒绝到医院诊疗,还亲自挑选并装框了自己的遗像(见图1-10)。

春节过后,王汉澜被家人强行送进了医院。清明前夕(3月30日),刚刚确诊肺癌晚期,王汉澜即驾鹤西去。他没有给亲人们增添床前伺候的麻烦,却给后人留下了万分的悲痛和无尽的追思。

噩耗传来,亲朋好友、同事同人、学生弟子,无不伤心欲绝。王北生[①]作挽联道:以献身教育为怀不惜殚劳一世;得尽瘁鞠躬而死永留功绩千秋。程凯[②]撰文道:王先生的座右铭是董仲舒的"正其谊不谋其利,明其道不计其功",一生致力于正谊明道,无私奉献,两袖清风,以身垂范。先生曾任河南大学教育系主任、河南省人大代表、开封市人大常委会副主任、开封市政协副主席,先生的弟子里司局级干部成群,但先生从不以权势谋私利。王先生有五个儿子,其中四个儿子的处境都不是很理想,王先生利用他的威望和职务之便,解决一两个儿子进学校工作是说得过去的,但他从来没有这样做,也

图1-10 王先生遗像

[①] 王北生,王汉澜生前同事,曾任河南大学教务处处长,郑州师范学院副校长,现任河南大学教授,河南省教育学会教育学专业委员会名誉理事长。

[②] 程凯,王汉澜生前同事,河南大学教授,曾任河南大学教育系副主任、河南大学科研处副处长、河南大学工会副主席,2007年退休。

没有给我们提出过这类要求。回想起来,先生的人格真是高尚:

明伦就读复奉公,

慈祥睿智近人情。

胸昭日月感校史,

留得功名千载青。

2017年,河南大学为纪念建校105周年,全体师生以及海内外校友共同推选出了百年内23名感动河大人物,王汉澜位列其中(见图1-11)。颁奖词中高度肯定了王汉澜辛劳而光辉的一生:搞教学,作科研,酷暑寒冬,他从未休闲;植根教育,有学有术,理器兼备;铸就师魂,桃李不言,下自成蹊。

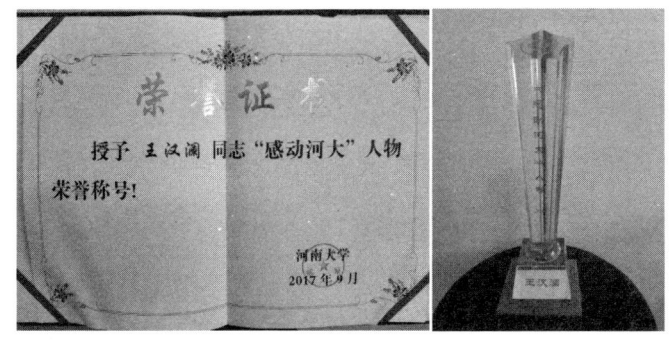

图1-11 王汉澜的"感动河大"人物荣誉证书和奖杯

2019年,教育科学出版社推出《新中国教育学家肖像》一书,生动刻画了29位新中国老一辈教育学家的思想轮廓、人格肖像和学术追求,以期后学能够感悟老一辈教育学家的为人之道、学术精神、教育情怀、勤政风范。在书中,"汉澜学园"的弟子们给王汉澜画了五幅像,即先生是一个儒者:温文尔雅,知通统类;先生是一个学者:潜心学术,体用并举;先生是一个师者:精心执教,挚诚育人;先生是一个仁者:宽人律己,厚德博爱;先生是一个达者:乐观旷达,自强不息。(更丰富的内容参看附录中《巍巍吾师　高山仰止——回忆我们的导师王汉澜先生》)

第二篇　为学:道器兼顾　守本开新

王汉澜学习和工作在河南大学教育系[①]，一生从事教育学专业的教学与研究工作。他既有传统理论深刻浸染的历史感、厚重感，又有热情拥抱所处时代的责任感、使命感，更有中国传统知识分子心忧社会、学问未来的专业良知和博大胸怀。在学术研究领域，他既深耕细播于自己擅长的教育基本理论领域，又在教育学科的其他领域大胆创新、积极开拓，同时还长期关怀教育实践，经常为教育教学一线的教师解决现实问题提供切实可行的"良药妙方"。道器兼顾、守本开新的学术特色和教学实践，使他在当代中国教育学界占据了不可替代的地位，享有崇高荣誉。他的学术成果对后世的教育学研究影响深远。

一、厚学敏思,在教育基本理论领域寻道阐理

学思结合是中国传统文化中重要的学习观，也是王汉澜基本的治学思想和方法。王汉澜的书房里悬挂着摘自于《中庸》

[①] 河南大学教育系的名称随时代变迁和学校更名历经多次变化:王汉澜1942-1947年在此求学和1950年入职时,称国立河南大学教育系;1980年恢复本科招生时,称河南师范大学教育系;1984年更名为河南大学教育系;1999年更名为河南大学教育科学学院;2021年更名为河南大学教育学部。为了阅读方便和避免歧义,本书统一使用"河南大学教育系"之名。

的"博学、审问、慎思、明辨、笃行"(见图2-1)和王夫之的致知二途:"学则不恃己之聪明,而一唯先觉之是效;思则不循古人之陈迹,而任吾警悟之灵"(见图2-2),时刻提醒自己,做学问要勤学博学,不能自持聪明。一方面要学会学习,对于前人所积累的经验和经典,要从审问开始,经慎思、明辨,而后笃行;另一方面要学会思考,遇到问题,要不拘泥于前人的经验事实,要机警敏悟地深入思考之后,再得出结论。

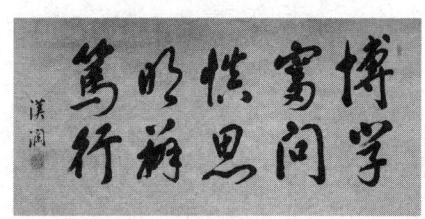 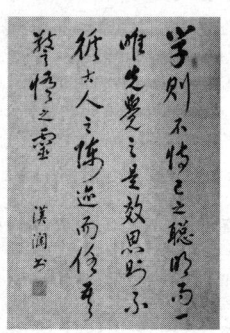

图2-1 王汉澜手书:《中庸》名句　　图2-2 王汉澜手书:王夫之名句

新中国成立后,王汉澜坚持不懈地学习马克思主义基本原理及其中国化的哲学和政治理论,形成了唯物辩证的思维方式。学生王卫东[①]回忆说:在20世纪90年代初,我对教育环境问题产生了研究兴趣,便把自己不成熟的想法向王先生汇报了。王

---

① 王卫东,王汉澜的硕士生,后在北京师范大学取得博士学位;现任广州大学教授,广东省高等学校第四批"千百十人才培养工程"省级培养对象,广东教育学会教育哲学专业委员会副理事长;参与了本书的编写工作。

先生听完我的汇报后,首先肯定了我的学术敏感,认为这是一个值得研究的领域,同时他又指出:我们不能只考虑教育发展需要社会给予的哪些帮助和支持,也要思考教育能够给予社会发展提供哪些有价值的东西。看问题,一定要辩证,两面看,否则就容易走向片面。

深厚学养和辩证敏锐的思维,使王汉澜在教育学研究方面取得了卓尔不群的成就。主要体现在他对教育本质、教育价值、教育规律、教育目的、教育内容、教学过程等教育基本理论问题的独特见解方面。这里仅择要例举如下:

(一) 关于教育本质的灼见

1976年10月以后,我国社会的各个方面都开始发生巨大改变。1978年3月,于光远在《学术研究》上发表《重视培养人的研究》一文,发出了关于教育本质讨论的先声。1978年5月11日,《光明日报》发表了《实践是检验真理的唯一标准》的文章,指出检验真理的标准只能是社会实践,理论与实践的统一是马克思主义的一个最基本的原则。文章引发了一场关于真理标准的大讨论。1978年,教育战线开始拨乱反正。各种因素的综合作用促使1979年关于教育本质问题讨论的大爆发。

王汉澜在教育本质大讨论的初期就参与到其中。1978年10月,在开封师范学院(今河南大学前身)举行的华中师范学院等五院校合编的《教育学》教材初稿讨论会上,与会者对教育是不是上层建筑的问题展开了讨论[1]。王汉澜作为"教育的本质"一章的撰稿人,参与了这次讨论。通过研读华中师范学院等五院校合编的《教育学》(人民教育出版社1982年12月第2版)、王道俊和王汉澜主编的《教育学(新编本)》(人民教育出版社1989年12月第2版),以及王汉澜关于教育本质方面的学术论文,如《教育是促使个体社会化完善化的活动过程》(《河南大学学报(社会科学版)》1992年第6期),我们可以发现,王汉澜在教育本质研究方面不但是前行者,而且其所用的方法论和提出的结论都是科学的。

王汉澜认为,教育的本质就是教育所具有的特殊矛盾所决定的特性,也就是教育所以区别于其他事物的质的规定性,是教育的根本属性。探讨教育的本质,应该从教育所具有的特殊矛盾上去分析,分析构成这种特殊矛盾的各个方面,探讨它们的必然联系。教育是一种社会现象,它的对象是人,探讨教育的本质,就必须从教育与社会发展的关系,教育与人的发展的关系,以及这两种关系间的关系去分析研究。同时,教育具有历史继承性和相对独立性,有自己独立的发展道路。为此,探讨教育的本质,也不能不顾及教育的产生和发展历史。这一方法论既充满唯物辩证法的智慧,又饱含历史唯物主义的思想特色。

基于上述方法论,王汉澜在20世纪80年代初期就明确提

---

[1] 参见瞿葆奎:《教育基本理论之研究(1978—1995)》,福建教育出版社,1998,第155页。

出:"教育是培养人的一种社会活动。就其广义来说,凡是有目的地增进人的知识技能,影响人的思想品德的活动,不论是有组织的或是无组织的,系统的或是零碎的,都是教育。就其狭义(即学校教育)来说,教育是教育者根据一定社会(或一定阶级)的要求和年轻一代身心发展的规律,对受教育者进行的一种有目的、有计划、有组织地传授知识技能,培养思想品德,发展智力和体力,以便把受教育者培养成为一定社会(或一定阶级)服务的人的活动。这就是教育的本质。"[1]后来,王汉澜在修订《教育学》教材的过程中,又从教育、社会和人三者复杂关系的角度对教育的本质进行了深入的思考,认为教育不仅仅是把受教育者培养成为一定社会(或阶级)服务的人,而且要通过教育把受教育者培养成"促进社会发展的人"[2]。然而,王汉澜并没有停止对教育本质问题的思考。1992年,他又以人的个体发展为出发点,继续教育本质的探讨,提出"教育是促使个体社会化完善化的活动过程"的科学论断。所谓社会化,即在一定社会条件下个体的自然属性的改造、完善和发展,社会属性的获得、充实和提高,它是个体与社会两个方面的需要;所谓完善化,是通过教育将人类积累的知识经验内化为受教育者的智慧和才能,发展他们的智力和体力,形成他们的思想品德,使个体的发展更加全面完善,从而适应社会发展的需要。教育促使个体社会化完善化,

---

[1] 华中师范学院等五院校:《教育学》,人民教育出版社,1982,第37页。
[2] 王道俊、王汉澜:《教育学(新编本)》,人民教育出版社,1989,第42页。

是一种有目的的、积极的转化活动过程,是一种自觉性和强制性相结合的过程,也是一种统一性与多样性相结合的活动过程。①

(二) 关于教育价值的透识

基于对教育本质的认识,王汉澜对教育价值问题也提出了自己的学术观点②。他认为,教育价值是指教育这一事物、现象对其他事物、现象所具有的某种意义,这种意义是通过教育对社会、对人所起的作用体现出来的。通俗地讲,教育价值就是教育对社会和人的用处。教育价值观是人们对教育价值的认识、态度、判断、评价等的总称,是主观见之于客观的结果。教育的价值是由教育目的决定的,一个社会、一个国家的教育目的是一种教育价值的体现,教育价值最终要落实到教育目的的实现上。教育所面对的是社会和个体这两个既有联系又有区别的价值主体,教育价值就在于满足社会和个体发展的需要。教育对个体发展的作用,称为教育的内在价值,具体表现为教育的知识价值、品德价值、个性价值等;教育对社会发展的作用,称为教育的外在价值,具体可表现为教育的政治价值、经济价值、文化价值等。教育价值的这些特点,使教育价值具有多机能性。教育价值根据其性质的不同可分为正价值和负价值,根据教育发展的

---

① 王汉澜:《教育是促使个体社会化完善化的活动过程》,《河南大学学报(社会科学版)》1992年第6期。

② 王汉澜对教育价值的学术见解,主要体现在他和马平发表的学术论文《浅谈教育的价值》(《华东师范大学学报(教育科学版)》1991年第1期)中。

方向的不同可划分为教育的理想价值和现实价值。教育工作者的任务之一,便是树立正确的教育价值观,为教育理论研究的深入和教育事业的发展服务。

(三) 关于教育规律的彻读[①]

教育规律问题在改革开放之后,特别是随着教育领域的拨乱反正从而成为教育学术界研究的热点之一。王汉澜对这一问题也进行了深入研究,不仅较为系统地整理了教育的一般规律,而且阐发了自己对教学过程规律的认识。

王汉澜认为,既然规律是指事物现象的内部的本质的联系,因此探讨教育规律,就应该从教育这一现象与其他事物现象和其本质诸因素的内在的、必然的联系中去寻找,不可抓住那些非本质的联系去探索;一切从实际出发,实事求是,理论联系实际,是探求教育规律的基本途径和方法。我们要想了解教育的规律,就应该从教育工作的实际出发,实事求是地总结我国教育的经验教训,还要从几千年来整个人类教育的经验教训中总结、认识教育的规律。

根据上述的认识,王汉澜将教育的基本规律总结为:

1. 一定性质的教育被一定的社会政治、经济基础所决定,又为一定社会的政治、经济基础服务。

2. 教育受生产力所制约,又促进生产力的发展。

[①] 参见王汉澜:《王汉澜文集》,河南大学出版社,2007,第221-240页。

3. 教育必须从教育对象的实际出发,适应年轻一代身心发展的规律。

4. 在教育工作中,教师起主导作用。

5. 要想有效地培养人才,提高教育质量,学校工作必须以教学为主。

6. 教学的基本规律在于在武装学生知识的基础上,培养学生的技能和技巧,发展学生的智力和体力,培养和提高学生的思想认识和道德品质。在教学中,学生掌握知识经历着对教材的理解、巩固和运用三个基本阶段。

7. 思想政治教育既要提高学生的道德认识,培养学生的道德情感,又要形成学生的道德行为,训练学生的道德意志。

8. 体育工作既要武装学生体育运动的知识,又要特别注意组织学生进行实际的体育活动,在活动中注意身体锻炼的全面性、持久性和道德品质的培养等。

（四）关于教育、环境和人的发展的关系的卓知[1]

教育、环境和人的发展的关系是教育基本理论研究的经典问题,王汉澜在这一问题上也有自己独特的见解。他针对学界有些研究者对这个问题的认识,根据矛盾论的基本观点,阐发了自己的学术理解。他认为,人的发展过程中的根本矛盾是遗传

---

[1] 参见王汉澜:《王汉澜文集》,河南大学出版社,2007,第152-171、253-257页。

素质与环境的矛盾。环境是矛盾的主要方面,对人的发展起着决定的、主导的作用;遗传素质居于矛盾的次要方面,对人的发展只能起着一定的影响作用,不能起决定性作用。但是,又要看到,人不是环境的消极适应者,人在改造客观世界的实践过程中是具有主观能动性的,是在改造客观世界的实践过程中来接受环境的影响和改造着自身的。影响人发展的环境,主要是指社会环境而言的。相对于环境的自发性的影响,有目的有计划的教育(特指狭义的学校教育)的主导作用是系统的。对于环境、教育对人的发展的主导作用,要做到具体问题具体分析。儿童入学前,家庭的影响与遗传素质的矛盾应该是主要矛盾,家庭的影响对儿童的发展应起主导作用;入学以后,学校教育的影响与遗传素质的矛盾应是主要矛盾,学校教育的影响对儿童的发展应起主导作用;参加工作后,社会的实践和锻炼对人的发展应该是起着主导作用。在学校教育过程中,要使教育发挥主导作用,必须把教育者的主导作用和儿童的自觉积极性结合起来。

(五)关于劳动教育的远瞩

针对新中国教育要培养劳动者的目标要求,王汉澜于1954年发表了《学校中劳动教育的方式方法及应注意的问题》[①]一文,强调了学校教育体系中劳动教育的重要性,并认为:树立学生正确的劳动观点,养成劳动习惯,主要是通过儿童的学习来完

---

① 王汉澜:《王汉澜文集》,河南大学出版社,2007,第30-35页。

成的。可以通过各科教学,启发学生学习的自觉性、积极性,培养他们正确的学习观点和态度;通过学生的作业,养成学生系统的劳动习惯;教育儿童适当地参加体力劳动;组织儿童参加社会公益劳动;通过游戏对儿童进行劳动教育。王汉澜认为学校中进行劳动教育是多方面的,方式和方法是多种多样的,必须把它贯彻到整个课堂教学、课外活动和校外活动中去,要围绕学校的教育目的,不能把它从全面发展的教育中孤立出来,片面强调劳动生产教育,搞成运动,忽视学业。同时明确指出,培养学生的劳动观点、行为和习惯是个长期的艰苦工作,是学校、家庭和社会多方面的责任,任何脱离学生实际(知识、年龄),运用粗暴的方法和犯急性病的做法,都是不恰当的,也都是难有好效果的。王汉澜在60年前对学校教育体系中的劳动教育本质的认识,以及对劳动教育方式方法的建议,与中共中央、国务院于2020年3月发布的《关于全面加强新时代大中小学劳动教育的意见》和2020年7月教育部印发的《大中小学劳动教育指导纲要(试行)》中的思想惊人一致,我们不能不敬佩王汉澜的远见。

除了上述主要方面之外,王汉澜还就教育与生产力的关系、我国社会主义教育和教育理论的基本特征、对马克思主义关于人的全面发展学说的理解等问题进行了研究,提出了自己的观点。比如,在20世纪80年代末,王汉澜就明确提出:社会主义的教育不能商品化。教育有其自身的发展规律,教育的商品化必然给教育带来危害,主要表现在造成教师思想的混乱,影响教育质量的提高;造成科学研究的退步。① 在20世纪90年代初,王汉澜就谈到了我国社会主义教育理论的基本特征是:第一,以马克思列宁主义、毛泽东思想为指导;第二,具有中华民族的优秀教育思想传统;第三,总结了我国特有的社会主义教育实践经验;第四,反映了社会主义民主;第五,体现了现代化的时代精神。②

二、学以致用,在教育理论与实践之间架构桥梁

学思结合、慎思笃行的治学思想在王汉澜那里具体化为一种教育的专业情怀和实践关怀。他特别强调理论联系实际,强调通过教育理论研究更好地指导实践,改进实践。

王汉澜结合社会和教育发展的现实,研究了很多源于实践的教育理论问题。改革开放以来,为适应中国经济发展的要求,实现党在新的历史时期的总任务,教育必须进行改革。而教育如何改革?改革的指导思想是什么?王汉澜对此进行了大量深入研究,先后发表了《怎样使教育学为四个现代化服务》(1979)、《中等教育结构改革势在必行》(1979)、《"三个面向"是我国教育改革的指导思想》(1984)、《迎接新的技术革命,改革与发展我省的高等教育》(1984)、《怎样制定教育总体规划》

---

① 王汉澜、王北生:《社会主义教育不能商品化》,《华东师范大学学报(教育科学版)》1988年第2期。
② 王汉澜:《试论我国社会主义教育理论的基本特征》,《河南大学学报(社会科学版)》1993年第3期。

(1986)、《河南省中等教育改革之研究》(1987)、《教育整体改革实验应该科学化》(1990)等文章,强调解放思想,与时俱进,坚持实践是检验真理的唯一标准,尊重客观事实,不迷信权威名家,基于理论与实际相结合的研究,针对教育改革、教育规划、教育实验、中等教育、高等教育等提出了很有建设性的发展建议。在《关于进一步开展教育学研究的建议》(1983)一文中,王汉澜基于实践关怀,明确指出教育学研究的问题在于:对理论问题研究得多,对实际问题研究得少;引进外国的教育论说多,整理中国的教育经验少;运用思辨的研究方法多,运用科学的研究方法少。这在一定意义上给教育理论研究的改革创新指明了方向。

同时,王汉澜经常结合教育教学实践中出现的问题进行实用性研究,为我国教育教学实践解决了不少问题。

(一) 简洁实用的百分比图算法

1950年上半年,王汉澜在河南省教育厅工作时,针对基层同志反映的由于文化水平所限,在填报材料需计算百分比时遇到的困难,他利用平行线分线段成比例定理,研究出了"百分比的图算法",并给同志们做了报告,深受欢迎。他在公开发表的《百分比的图算法》(1951)[①]一文中,举例如下:

> 1950年5月河南省高级中学女生共620人,其中17岁者110人,18岁者195人,19岁者160人,20岁者75人,21岁

---

① 王汉澜:《王汉澜文集》,河南大学出版社,2007,第9—12页。

以上者51人,求各数之百分比值。求法(如右图):

1.画一水平线AB为百分线,定A点为0点,B点为百分点。

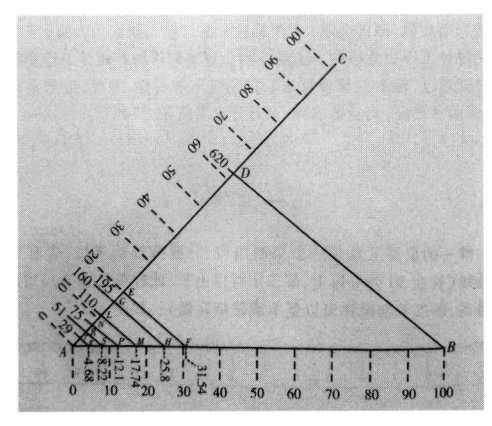

2.画一斜直线AC为数量线,以A为0点,在AC线上依尺找着620,29,110,195,160,75,51,各数应在之点,点记在AC线上。

3.假设620所在之点为D点,连DB成一直线。

4.用硬纸制成等于BDA的角(照前述之法),自AC线上每一数量点与DB作平行线,即图中之EF、GH、LM、NP、RS、TW各线。

5.将尺子紧贴AB线,使尺上的0点对着A点(即百分线的0点),100点对着B点。看F、H、M、P、S、W各点与尺上对应之数,即AC线上各数字的百分比值,即31.54是195的百分比值,25.8是160的百分比值,…,4.68是29的百分比值。

43

(二) 走出传统训诫的谈话教学

1950年下半年,王汉澜回到河南大学教育系任教。在新的教育制度下,传统的师道尊严和训诫方式面临挑战,他基于现实思考,深入研究了谈话教学的形式和方法。他在《谈话教学的两种形式及其实施方法》(1953)[①]中,将启发式谈话教学的含义概括为:教师在传授新知识的时候,不直接进行独白的讲述,而是从学生已经观察过的事实和现象出发,提出问题,去激发学生的思考,让学生去分析问题,找寻答案;如果学生回答的不对或不能回答时,教师再提出补充性的或辅助性的问题,让学生再去思考,找寻答案,在师生交谈的方式下,直至获得正确的答案为止。文中还详细举例说明了实施这种谈话教学法的要领,譬如,备课时如何准备发问提纲,进行谈话教学时如何掌握发问提纲,如何通过发问引起全班同学的积极思维等。同时,在文章中,王汉澜将与启发式谈话教学相对的问答式谈话教学的含义和运用要点进行了详细论述。

王汉澜对两类谈话教学法的分析,语言很质朴,操作起来很实用,就像是在和读者面对面交谈。这些做法,有苏格拉底产婆术的影子,更是王汉澜实践智慧的体现。

---

① 王汉澜:《王汉澜文集》,河南大学出版社,2007,第13-20页。

（三）全面育人的学生学业评价

在新中国建立之初,面对新的教育方针和教育目标要求,王汉澜认识到了学生评价的重要意义。基于促进学生德智体全面发展的现实需要,他对凯洛夫《教育学》中提出的五级分制评分法进行了深入研究,并对如何将其引入学生成绩和学生操行评定进行了探索。一方面,他在《怎样评定学生的学业成绩》(1954)[①]和《五级分制评分法》(1956)[②]两篇文章中,详细介绍了五级分制评分法的评分标准、评分方法、评分表册,总结了五级分制评分法的优点,并且提出了实行五级分制评分法应注意的关键问题。另一方面,他又在《学生操行的考查与评定》(1956)[③]一文中,提出对学生操行的考查与评定和对学生学业成绩的考查与评定同等重要,正确地对学生进行操行考查和评定,可以改进学生的道德面貌。他认为对学生的操行考查是个长期、细致的教育过程,应该在充分了解学生的基础上进行操行评定。他在学思结合的基础上总结出包括观察、从多方面去搜集关于学生操行的材料、个别谈话法和考查记载法等学生操行的考查办法,并提出了制定操行的评分标准和评分方法的建议。这些研究成果放在我们今天强调发展性评价和学生综合素质评价的政策背景下,仍具有现实的指导意义。

---

① 王汉澜:《王汉澜文集》,河南大学出版社,2007,第21-29页。
② 王汉澜:《王汉澜文集》,河南大学出版社,2007,第39-55页。
③ 王汉澜:《王汉澜文集》,河南大学出版社,2007,第59-70页。

三、与时俱进,在教育学科教材建设方面贡献突出

王汉澜专业生活的"黄金"时期,恰逢我国改革开放之后教育学学科的重建。王汉澜充分发挥自己学养深厚、视野宽阔的特长,通过教育学教材建设为教育学学科建设做出了巨大贡献。

(一)为公修教育学教材建设殚精竭虑,树立了教育学教材建设史上的里程碑

王汉澜一生最突出的学术贡献之一是他参与主编的《教育学》教材(俗称五院校《教育学》)在人民教育出版社发行后,对教育学界产生了不朽的影响。

1978年4月,应当时师范院校恢复教育学教学的需要,华中师范学院(今华中师范大学)与开封师范学院(今河南大学)等五所院校决定协作编著公修教育学教材。同年6月,这本教材的编写列入教育部文科教材编选计划。参与本书编写的协作单位有华中师范学院教育系(今华中师范大学教育学院)、开封师范学院教育系(今河南大学教育学部)、甘肃师范大学教育系(今西北师范大学教育学院)、湖南师范学院教育系(今湖南师范大学教育科学学院)、武汉师范学院教育教研室(今湖北大学教育学院)。刚从"文革"中恢复过来的出版社,为避免"资产阶级的成名成家思想"嫌疑,没有在书中标注具体的主编姓名。王汉澜除承担了一些执笔任务外,还与华中师范大学的王道俊负责全书的统稿工作,两位王先生是事实上的主编。

该书编写适逢全国开展"实践是检验真理的唯一标准"的大讨论,这对编写人员解放思想、坚持实事求是的思想路线起到了引领作用。十年动乱否定了新中国成立以来的教育实践和教育理论,编写组面对的情况是,一方面要大力恢复调整教育秩序,提高教育质量,促进社会主义现代化建设;另一方面,教育思想还相当混乱,不少人还心有余悸,踟蹰不前,教育理论界也比较沉寂。针对这种情况,编写组把"实践是检验真理的唯一标准"这一马克思主义观点当作基本指导思想,从以阶级斗争为纲转变为以经济建设为中心这一重点转移的形势出发,在教育理论上进行"拨乱反正"。一方面全面恢复那些经得起实践检验的、对提高教育质量确实有效的教育理论,力求准确地阐述教育学的一些基本概念、基本原理和基础知识;另一方面有针对性地批判林彪、"四人帮"横行时期散布的有重大影响的评论,力求从理论上分清是非,具有说服力。该书在编写过程中,着重对教育本质、教育功能(包含教育的育人功能、经济功能)、中国的教育方针、教学过程的规律和教学原则、德育过程的规律和德育原则、电化教学等作了一些新的探索,并注意教材的规范性。对其他问题,其中包括对批判地继承中国教育遗产和吸取国内外研究成果的问题,则没来得及认真考虑,所以从学科内容上说,与过去的教材相比较,没有大的进展。

该书于1980年7月由人民教育出版社正式出版,1982年12月第二版(见图2-3)时作了小的修改,充实了一些新的材料,加深了一些问题的论述,压缩并删去了一些对林彪、"四人帮"的批判,变动较大的是把中国的"教育方针"一章改为"教育目的"。到1989年2月,该书共印刷18次,累计发行246.2万册,对满足教学急需和普及教育理论知识发挥了一定的积极作用。

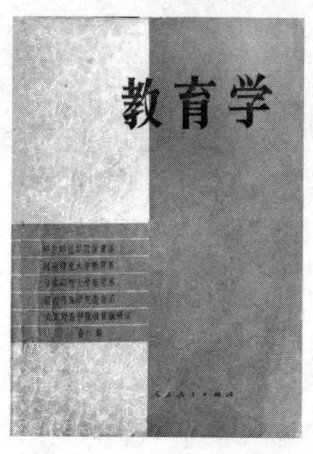

图2-3　五院校《教育学》1982年版

随着中国社会主义现代化建设的发展,教育实践对教育理论提出了更高的要求,1980年版和1982年版的《教育学》便显得陈旧、单薄,难以适应发展的需要。在国家教委主管部门和人民教育出版社的领导与督促下,从1984年夏起,编写组又着手编写公共课《教育学(新编本)》。由于种种原因,历时近5年,至1988年10月才正式出版(见图2-4)。这次重新编写,由王道俊、王汉澜任主编。据河南大学程凯老师讲,两位王先生主编《教育学》,在排名前后有段插曲:王道俊老师"坐而论道"写得少,而王汉澜老师能说能写,道俊老师有意让先,但汉澜老师以华中师大为部属院校为由坚辞不受。这个故事中,两位王先生的高风亮节为后学树立了榜样。这本教材常被学界称为"二王《教育学》",饱含着对两位先生的尊敬。

图 2-4　五院校《教育学(新编本)》

新编本的《教育学》在编写说明中列出了七个突出特点,本书核心作者之一、华中师范大学郭文安教授发表专文,详细解读了这七个特点,转摘如下①:

第一,注意把握教育学的研究对象,突出教育学的学科特点,富有教育学的个性。

第二,充实宏观教育内容,深化微观教育内容,并注意二者的统一。

第三,尊重实践,实事求是,探索教育规律,在揭示必然

---

① 郭文安:《高校公共课〈教育学(新编本)〉编写的背景与思路》,《华东师范大学学报(教育科学版)》1991年第4期。

性的基础上阐述必要性,摒弃"空想""空话",克服"唯上""唯书"的弊病。

第四,充分肯定受教育者在教育活动中的主体地位,注意受教育者独立个性的发展和现代人才素质的培养,克服把受教育者看作消极对象的机械论观点。

第五,积极地有选择地吸取近几年的教育科研成果(含近几年所介绍的国外教育科研成果),使教材有新思路、新观点、新材料、新面貌。

第六,加强教材的针对性,重视教育思想的研究。

第七,在阐明基础理论的同时,注意加强教材的实用性和可读性,避免忽视理论或忽视实用的偏向。

这本《教育学》迄今已印行7版,总发行量达700多万册,创造了新中国教育学教材史上印数最多、发行最广、质量最优、影响最大的一大奇迹,成为中国改革开放40年来经典性的公共课教育学教材。[①] 王汉澜生前参与了第一版(1980)和第二版(1982)的编写与通稿,参与了第三版(1988)、第四版(1989)、第五版(1999)的编写和主编工作。第三版作为新编本,其创新性得到了更为广泛的认可,荣获了首届国家图书奖提名奖、全国高等学校优秀教材奖、全国优秀哲学社会科学学术著作奖、吴玉章奖、文教类全国优秀畅销书奖,为文教类全国十大畅销书之一。

[①] 石中英、朱珊:《新中国教育学家肖像》,教育科学出版社,2019,第233-234页。

王汉澜去世后,这本教材仍在继续传承。2009年和2017年,由王道俊、郭文安两位先生主编,这本教材又重新修订出版了第六版、第七版,真正成为传世之作。江西师范大学教育学院院长、博士生导师何齐宗教授专门撰文,总结了该教材在新中国教育学教材史上的地位和贡献。他认为,五院校教育学教材在新中国教育学教材史上占有重要的地位,为教育学教材的建设和人才的培养做出了突出的贡献,对我国教育学教材的编写乃至教育学科的发展产生了重要的影响,主要体现在:第一,倡导主体思想,提升了教育理论;第二,深受学界好评,屡获重量级荣誉;第三,成为教材典范,被竞相借鉴模仿;第四,满足教学需要,塑造了教育观念。①

在这本公修《教育学》教材建设方面,王汉澜付出了巨大的辛劳。除了参加、组织教材内容的讨论、修改之外,他亲自撰写了教材的绪论和第一、二、三章。绪论部分明确了教育学的研究对象、教育学的产生与发展、教育学的研究方法;第一章讨论了教育的概念,分析了教育的质的规定性、教育的基本要素和教育的历史形态;第二章是教育与人的发展,分析了影响人的发展的因素及其作用,探讨了教育要适应年轻一代身心发展的规律;第三章是教育与社会发展,分析了教育与诸社会现象以及社会主义建设的关系,探讨了教育与社会发展之间的关系规律。从教

---

① 何齐宗:《五院校教育学教材在新中国教育学教材史上的地位和贡献》,《课程·教材·教法》2020年第4期。

育学的理论体系来看,这几章涉及了教育的本质、功能、两大基本规律和基本价值取向,是教育学的奠基性内容。王汉澜主笔这几章,不仅是在给这本教材定调,也是在给中国在改革开放新时期的教育学理论体系定调,这些内容对于学习教育学的后学产生了极其深远的影响。

(二)为教育科学研究方法教材建设锐意创新,填补了多项国内空白

党的十一届三中全会以后,我国的教育事业和教育科学研究打破了过去万马齐喑的局面,呈现出欣欣向荣的景象,一些学者开始接触和学习国外的先进教育思想和经验。王汉澜在国外的教育资料中看到统计、测量、实验、评价等方法类课程在国外的教育学科体系中备受重视,但是对比我们国家,由于教育学专业停办多年,这类课程和相关资料,以及专业化人才极其匮乏。于是,在1980年河南大学教育系恢复本科招生以后,王汉澜一方面积极倡导体用并举,带领老师们在精进理论的同时加强对量化方法的研究,另一方面躬身致力于教材建设,解决课程资料问题。经过不懈努力,编著出版了《教育统计学》(1986)、《教育测量学》(1987)、《教育实验学》(1992)、《教育评价学》(1995)。这套教材应教学之需,一定程度上填补了我国教育科学研究方法学科体系的空白,在国内产生了重要影响,具有特定时期的历史价值。王汉澜被誉为我国教育科学研究方法的学科奠基人,2015年,《河南日报》以《王汉澜:我国教育科学研究方法学科的

奠基人》为题专文介绍了王汉澜的事迹。

1. 主编并出版《教育统计学》

1980年,河南大学教育系恢复本科招生以后,王汉澜基于体用并举的理念,计划给本科生开设教育统计学。可是,王汉澜上大学时学的主要是描述统计,而要给学生讲的主要是推断统计,高等数学知识是难以逾越的障碍。于是,已经50多岁的王汉澜又坐在了数学系的教室里,从头学习高等数学,不耻下问,不仅向老师请教,而且向年轻的本科生请教数学公式的推理、演算以及数学模型的构建。最后,凭着这份学者的执着,王汉澜不仅出色地完成了授课任务,而且于1983年受教育部委托,和赵承福、孟庆茂、王权等老师一起在烟台举办的教育统计学与研究方法讲习班上为来自全国各地的教育统计学教师授课,深受好评,遂将讲稿及研究成果进行整理,于1986年在教育科学社正式出版了《教育统计学》(见图2-5)。

《教育统计学》是根据教学需要编著的,其目的是使学生比较系统而又全面地掌握教育统计学的基本理论和基本方法。王汉澜编写此教材的基本原则是:以马克思列宁主义、毛泽东思想为指导,力求做到科学性和思想性统一;汲取国外教育统计学的先进成果,力求理论联系实际,适合我国教育情况;从教育统计工作的实际需要出发选编内容和安排章节顺序,删除不实用的统计方法。

《教育统计学》在绪论部分阐释了教育统计学的研究对象,并对统计与统计学的概念进行辨析,界定了教育统计学的基本

图 2-5 王汉澜编著的《教育统计学》

术语,如数据与数列、总体与个体、抽样与样本、变量与常数、自变量与因变量、品质变量与数量变量、统计量与参数等,介绍了类型分组法、综合指数法、统计图表法、统计检验法等研究方法,使读者对教育统计学的概念和学习内容有初步了解。在后续的章节中分别讨论了统计资料搜集的来源、种类、途径、方法、要求,统计资料整理的意义及分类,统计表和统计图,集中量数(算数平均数、中数和众数),差异量数(两极差、四分差、平均差、方差、标准差),概率,常态分布,偏态分布,T值,相关分析(积差相关、等级相关),回归分析,总体参数的估值,统计检验,方差分析,卡方检验,等。

该书先介绍统计资料的搜集整理、统计图表的制作,后讲述各种统计的方法,把描述统计与推断统计有机结合起来,由浅入深,前后连贯,力求便于教学。整本书的语言表述流畅、文字精练,将统计术语用朴实易懂的语言进行表征,便于读者理解。在概念的表述、理论的阐述和方法的论证上,力求明晰准确、步骤清晰,以便读者理解与应用,许多高校把之作为教材使用。

2. 主编并出版《教育测量学》

20世纪80年代,我国的教育目的是使受教育者在德智体等方面全面发展,成为有理想、有道德、有文化、守纪律的社会主义建设人才。学生学业成绩的考核、学校教育质量的评价,以及社会各部门的招工用人,都需要实行德智体全面考核。而如何使这些考核工作科学化,就需要有一套科学的方法。特别是随着教育体制改革的深入发展,教育管理要科学化,教育评估将普遍展开,对教育的研究要作定性和定量的分析,现行的考核制度要进一步完善,所有这些都需要借助于教育测量学的知识。但当时,我国关于教育测量学的书籍很少,有些高等学校虽已开设了教育测量学课程,但并没有这方面的教材。王汉澜受国家教育委员会的委托编写了《教育测量学》,并于1987年在河南大学出版社正式出版(见图2-6)。

《教育测量学》全书分四编十三章,第一编论述测量的基本原理,介绍了教育测量的含义、种类、特点与功能,并对教育测量学的发展历程进行了阐释;第二编介绍测量的一般步骤和方法;第三编分述各类教育经验;第四编论述测量结果的统计处理,其目的是使学生比较系统全面地掌握教育测量的基本理论和方法。该书理论联系实际,论述简明、准确、系统,非常适合教学之用,1988年获得河南省社会科学优秀成果一等奖,1990年获得河南省优秀教材特等奖和中南地区大学出版社优秀教材一等奖。

图 2-6　王汉澜主编的《教育测量学》

3. 主编并出版《教育实验学》

20世纪80年代后期,受"教育科学的生命在于教育实验"这一观点的影响,全国开展了名目繁多的教育实验,但不少实验工作者缺乏科学实验的知识,有些教育实验在做法上还不够科学,社会上也很难找到专门论述教育实验的书籍,新中国成立前出版的几本有关教育实验的书籍,内容极为简单,方法也较为陈旧,解决不了当时进行多因素教育改革实验的问题。应教学与实践之需,王汉澜带领他的几个研究生编著了《教育实验学》教材,并于1992年在河南大学出版社正式出版(见图2-7)。

图 2-7 王汉澜主编的《教育实验学》

《教育实验学》全书共七章,系统总结了国内外教育实验的基本理论和新经验、新方法,以单因素、双因素、多因素划分教育实验的类别和教育实验活动的过程为体系,运用测量学、统计学,特别是多元统计的方法来编写。此教材是解决教育实验各种问题的专著,既有实验的理论,又有指导实验操作的具体步骤。西北师范大学景时春先生曾发表书评,高度评价王汉澜主编的《教育实验学》,称该书是我国第一部内容丰富、阐述清晰、有理论、有实际的教育实验方面的优秀科学论著,在教育实验科学化方面起到了积极的作用,并从六个方面总结了该书对于科学推进教育实验工作的贡献。转摘如下:

第一,它深刻阐述了教育实验中的各种问题。无论是对教育实验对象的确定、教育实验方案的设计、教育实验的实施，还是对教育实验结果的阐释和实验报告的撰写，都贯穿着实事求是、理论联系实际的原则，内容翔实，观点正确，总结了国内外教育实验的基本理论和新经验、新方法。

第二，体系完整、结构严谨。《教育实验学》共分七章，43万字，各章节紧密联系，环环相扣，是有机整体。第一章是教育实验概述，简述了国内外教育实验的由来。第二章是教育实验的方法，详述了单因素实验、双因素实验和多因素实验的方法与实施。第三章是教育实验的设计，深刻阐述了教育实验设计的意义、原则、内容、方法和教育实验方案的制订等。第四章是教育实验的实施，晰述了实验前测和后测的意义和方法，实验的分组与实验情境的控制等。第五章是实验结果的统计分析，明述了实验结果统计分析的意义、步骤和方法，并介绍了教育实验结果的综合检验方法。第六章是教育实验的评价，阐述了教育实验评价的意义、功用、过程、内容、原则和方法等。第七章是教育实验报告的撰写，提出了教育实验报告的一般结构、内容和撰写方法等。可以说，教育实验工作中的问题，都做了系统的论述。

第三，内容翔实，阐述精湛，有自己的独立见解。比较全面地总结了国内外教育实验的基本理论和实践经验，特别是对我国近些年来典型的教育实验经验，进行了分析与评介，既有理论的概括，又有科学的论证。

第四，明确清晰地阐述了教育实验的类型和水平，突破了传统划分实验类别的局限。关于教育实验的分类，当时还没有统一的划分标准。先生概括了五种分类方法。这种划分教育实验类别的根据和标准,比较明确具体,便于理解,更有利于运用统计的方法,科学分析和处理教育实验的结果,突破了过去划分实验类别的局限,可以使教育实验科学化,这不仅是《教育实验学》的特点,更是独创,具有较高的学术价值与实用价值。

第五,提出一个良好的教育实验方法体系和对实验人员的基本要求。《教育实验学》按照实验工作的程序,把实验分为准备、实验和结束3个阶段,每段工作都有专章的具体阐述和分析。

第六,深刻阐述了教育实验结果的统计分析与教育实验的评价。如何对教育实验进行评价,这是一般教育实验书籍中很少见到的,本书深刻地阐明了教育实验评价的一般过程、基本原则和方法,并对评价者的素质提出一些基本要求,这就进一步提高了教育实验的科学性与可靠性。[①]

1997年,天津市教科院张谦研究员也发文对王汉澜的《教育实验学》给予高度评价:该书以学为名似从学科体系角度进行讲道,既重理论又重实践,很适合广大教育实验工作者阅读。该书在实验概述中,对教育实验由来、界说、功用、种类、步骤、基本要求,阐述了作者的学术立场,即论述本书之宗旨,在于解决

[①] 景时春:《推荐一部体系完整、结构严谨、阐述精湛的〈教育实验学〉——评介王汉澜主编的〈教育实验学〉》,《心理学探新》1993年第1期。

当今教育实验中进行多因素的整体改革实验的问题。从问题的解决出发,从面对教育实验的实际出发,从实验现状出发,进行理论阐述,具有很强的操作应用性,即它的实践性和现实性,是为本书的一大功绩。在指导和促进实验教师的实验科学化水平提高方面,是一本当前很值得推荐的实验专著。不仅如此,也可作为理论工作者在实验的应用理论研究方面的参资,因此这是一本雅俗共赏的实验教科书范本。[①]

此书 1993 年获河南省社会科学优秀著作二等奖,1997 年获国家级优秀教学成果二等奖(见图 2-8)。

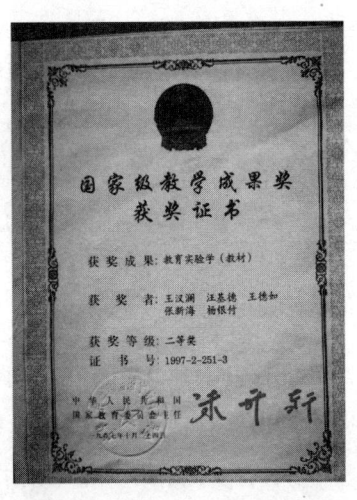

图 2-8 《教育实验学》国家级教学成果奖获奖证书

---

① 张谦:《近年来我国三大教育实验理论研究成果述评》,《教育科学》1997 年第 3 期。

4. 主编并出版《教育评价学》

20世纪30年代以来,在国外兴起了对教育评价的研究,许多教育评价模式相继出现,成为教育科学三大研究领域之一。在国内,随着教育事业的发展和教育改革的深入开展,各级教育行政管理部门和各级各类学校,为了检查教育效果,提高教育质量,实行教育管理的科学化,逐渐开展了教育评价活动,从而引起了广大理论工作者和实践工作者对教育评价研究的志趣,纷纷学习和介绍国外一些教育评价的经验,积极探讨教育评价的理论问题和操作问题,举行了许多有关教育评价的学术研讨会,涌现出一些论文和著作,对我国教育改革和教育事业的发展起到了巨大的推动作用。

1993年2月,中共中央、国务院颁布的《中国教育改革和发展纲要》中明确规定了建立各级各类教育的质量标准和评估指标体系,并要求"各地教育部门要把检查评估学校教育质量作为一项经常性的任务"。而要正确地开展教育评价活动,需要一套科学的理论和方法作指导。当时,教育评价尚是一门未成熟的新兴学科,国外的教育评价学说纷纭,标准不一,使人莫衷一是。国内的教育评价,尚缺乏深入的理论研究,在评价的指标体系和方法方面都存在许多值得研究的问题,还未形成系统的评价理论和方法体系。

刘志军[①]回忆说:1992年7月,我毕业留校后,当时系里安排我上两门课,一门是公修教育学,一门是教育评价学。教育学在河南大学已经有了很好的教学传统,但教育评价学是一门新课,没有一本合适的教材可用。我向先生请教时,他告诉我,他正准备着手编写一本教育评价学教材,他说教育评价学是教育研究领域中继教育统计学、教育测量学、教育实验学之后的重要研究领域,这个领域在我国研究还不系统,有一些实践探索,但教育评价理论研究不够完善,实践探索也不够深入,我们需要认真研究,争取出一本精品教材,对今后的教育评价的人才培养和科学研究都有益。

1993年,《教育评价学》的编写工作正式启动,并被河南省教委列入了"八五"重点科研项目。《教育评价学》的编写以我国的教育方针为依据,遵循有中国特色社会主义文化的基本要求,坚持理论联系实际,广泛地收集资料和深入调查研究,总结国内外教育评价的经验与研究成果,致力于教育评价的理论建设和加强教育评价的科学性和操作性,力求解决教育评价理论和实践中存在的一些问题,为建立具有中国特色的社会主义教育评价学做出贡献。经过几年的努力,《教育评价学》于1995年在河南大学出版社正式出版(见图2-9)。

---

① 刘志军,河南大学教育系1985级本科生,王汉澜的硕士生,后在北京师范大学取得博士学位;现任河南工业大学党委书记,河南大学教育学部部长,中国教育学会教育学分会副理事长,中国教育学会教学论专业委员会副理事长等职;是本书的主笔。

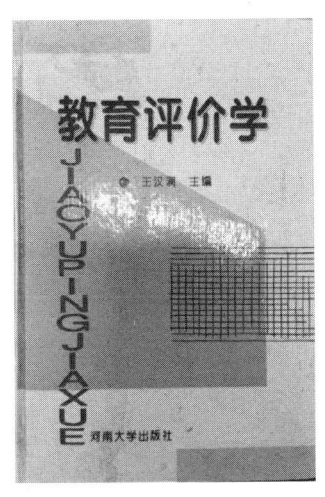

图2-9 王汉澜主编的《教育评价学》

《教育评价学》全书共分十一章,第一章介绍教育评价的由来,内容包括教育评价研究历史发展的三个时期:目标分析研究时期(1933-1958)、多方位研究时期(1958-1980)、成为独立学科时期(1980-);教育评价的定义:教育评价是根据一定的目的和标准,采用科学的态度和方法,对教育工作中的活动、人员、管理和条件的状态和绩效,进行质和量的价值判断;教育评价的分类:从评价的对象、评价实施的时期和目的、评价的对照标准、评价的方法等方面分类;教育评价的功能:教育评价能保证教育方针的全面贯彻和教育目标的实施,促进教育管理的科学化,推动教育工作的改革和教育质量的提高。第二章至第四章是论述教育评价的基本理论和方法,内容包括教育评价的基本理论与原则、教育评价的程序与指标、编制教育评价的方法等。第五章至第九章主要讲的是中小学各种教育评价,内容包括办学水平评价、教学评价、德育评价、体育评价、校长教师评价、学生评价。第十章是区域教育评价。第十一章是教育评价的元评价。该教材内容全面、完整,既能指导微观层面的教育评价,又能指导宏观层面的教育评价,1997年获河南省社会科学优秀成果一等奖。

第三篇　为师:勤恳敬业　桃李天下

王汉澜1950年进入河南大学教育系从教,50余年潜心教坛。他身许孺子,矢志不渝;舌耕笔耘,教书育人;传道授业,润物无声;仁心仁闻,香远益清。

一、身许孺子　矢志不渝

(一) 河大求学　立志为师

1942年,18岁的王汉澜考入河南大学教育系,师从嵇文甫、陈仲凡、陈梓北等教授。嵇文甫教授先后任文学院院长和河南大学校长,是著名的教育家、史学家、哲学家,王汉澜曾随其学习中国教育史、中国哲学思想史,深受其史学思想的影响;陈仲凡教授时任教育系主任,教授逻辑学、教育哲学、性格学等课程,崇尚真理,热爱学生,曾多次营救被反动派迫害的学生,是王汉澜十分崇敬的师长;陈梓北教授一生简朴,全心育人,是王汉澜教育测量学与统计学的启蒙教师。嵇文甫和陈梓北于1940年共同创作了《河南大学校歌》,在抗日战争最艰苦的时刻,"四郊多垒,国仇难忘""济济多士,风雨一堂""中原文化悠且长"的铿锵词句响彻伏牛山麓、伊水河畔,在阴霾的天空和血腥的环境中树起了河南大学的猎猎战旗,鼓舞师生的抗战斗志,弘扬中华学术传统。

在这样的历史年代和这样的教授群体影响下,王汉澜也早早立下了爱国敬业、献身教育的志向。毕业后,王汉澜原本期许留校任教,实现自己教育救国的政治抱负,但事与愿违,他被人骗至江南,经历了一年多的颠沛流离,过着寄人篱下的生活,尝尽了世间的各种苦难,但他也看透了旧社会的种种黑暗,坚定了投身革命的决心。1949年冬,王汉澜回到解放区,被安排在河南省人民政府教育厅工作。

（二）母校任教　爱岗敬业

1950年9月,王汉澜经申请与考核回到河南大学教育系任教。1952年至1954年,我国高等教育进行大范围院系调整。1954年,河南大学教育系停止招生,改为教育教研室,负责全校的公共教育学、心理学教学任务。尽管只是一名公修课教师,王汉澜仍坚持勤恳钻研,兢兢业业,先后获得教育工作积极分子、优秀指导教师、三好教师等荣誉称号。

（三）遇挫不怠　历久弥坚

"文化大革命"期间,刚过40岁的王汉澜被扣上"反动学术权威"的帽子,打入牛棚,身心受到了极大摧残。

十一届三中全会以后,国家落实知识分子政策,王汉澜重新回到工作岗位,精神焕发,干劲倍增。1980年,河南大学教育系恢复招收本科生;1985年,教育学专业开始招收研究生。王汉澜作为积极推动教育系恢复重建的骨干教师,承担了繁重的教学任务,先后主讲了本科生的"教育学总论""教育统计学"和研究生的"中外教育名著研究""教育原理""教育科学研究法"等课程。至2002年去世,王汉澜在河南大学工作了52年。

(四) 老骥伏枥 吐尽银丝

1985年,国家确立9月10日为教师节,已是花甲之年的王汉澜感慨万千,提笔抒怀,深情写道:

身许孺子数十年,
备受尊重史无前;
伏枥老骥曷所欲,
吐尽银丝效春蚕。

"身许孺子"是王汉澜的人生定位,他一生以学定教,非常喜欢和学生们在一起,图3-1是王汉澜和第一届(1985级)硕士生的合影。除了教书育人外,如前文所述,王汉澜用诗词记录下了多次参加学生活动的感动、感怀与感慨。这些诗词,有的被收入校史,有的被收入院史。通过这些诗词,后学们不仅能看到王汉澜身许孺子的身影,也能了解到一些教育系的光辉历史。譬如,教育系在恢复重建之初,全系本科生中仅有27位女生,却在全校田径运动会上取得了总分第一名的好成绩;教育学专业1985年即开始招收研究生;教育系每年在除夕夜都有师生联欢的传统。

图 3-1　王汉澜和第一届(1985级)硕士生合影

二、舌耕笔耘　教书育人

王汉澜是我国当代知名的教育学家,也是卓有成就的教育家。从教五十余年中,他潜心教研,努力打造高效课堂,舌耕笔耘,尽情挥洒教育篇章。

(一) 教研先行　发挥学科优势

为了教好书,王汉澜积极开展教学研究,为后学树立了教研结合的典范。他不仅是一位工作在教学一线的教师,更是一位研究型教师,"舌耕笔耘"是他的基本工作方式。

首先,王汉澜积极致力于教材编写工作。如前文所述,改革开放初期,王汉澜与华中师范大学的王道俊带领同人编写的

《教育学》成为1979年至1990年间出版的一百多本教育学教材中的典型代表①,堪称教育学教材中的精品,获得了多项荣誉。同时,王汉澜以主讲的"教育统计学""教育科学研究法"等课程为基础,又陆续主编了《教育统计学》(1986)、《教育测量学》(1987)、《教育实验学》(1992)、《教育评价学》(1995),成为我国教育科学研究方法学科领域的奠基人之一。

其次,王汉澜积极致力于对教学内容研究成果的传播。他尽管自己编教材,但在教学中从不照本宣科,对于教材内容,他总是能在深刻研究后提出自己的独到见解。例如,王汉澜公开发表的《试论我国社会主义教育理论的基本特征》《浅谈教育规律》《也论环境、教育和人的发展的关系》《谈谈教育与生产力的关系》《教育对人的发展究竟起什么作用》《教育是促进个体社会化完善化的活动过程》《浅谈教育的价值》《社会主义教育不能商品化》《正确理解马克思恩格斯关于人的全面发展学说》《试论教学过程的规律》等,均是"教育学"课程的相关内容;《在四分点计算中的发现》《百分比的图算法》《双因素的方差分析与F检验》等均是"教育统计学"课程的相关内容;王汉澜在讲解教育学知识时,还善于分析和借鉴古今中外具有代表性的观点,他发表的《对赫尔巴特教学过程学说的分析与批判》《荀子的教育思想》《王安石的教育思想》《李贽的教育思想》《关于儒

---

① 何齐宗:《五院校教育学教材在新中国教育学教材史上的地位和贡献》,《课程教材教法》2020年第4期。

家教育思想的几点辨析》《儒家教育目的的研究》《简论我国的德育传统》《关于我国古代重视德育的研究》等,也都是为深化教学内容而做的研究。

再次,王汉澜不仅在教学内容上深耕钻研,而且在教育形式和方法上也不断精进。他发表的《谈话教学的两种形式及其实施方法》《怎样评定学生的学业成绩》《讲授"美育"一章的意见》《如何认识和对待教学大纲》《学生操行的考查与评定》《在教学中如何启发学生积极的思维》《实习生进行学生心理鉴定工作的步骤和方法的初步研究》等文章,具有极强的体验性、可读性与可操作性,充分体现了"教育学的学科魅力要通过教育学人来表达,来彰显"的学科特性。

(二) 深广新实　打造高效课堂

王汉澜是教育学专业的教师,而教育学在常人眼里并不是一门容易让学生认同和追随的学问。在钱锺书的《围城》里有段话说:"在大学里,理科学生瞧不起文科学生,外国语文系学生瞧不起中国文学系学生,中国文学系学生瞧不起哲学系学生,哲学系学生瞧不起社会学系学生,社会学系学生瞧不起教育系学生,教育系学生没有谁可以给他们瞧不起了,只能瞧不起本系的先生。"[1]在这个鄙视链中,教育学系被置于了末端。王汉澜担任公修教育学课程时,也曾遭遇类似的尴尬。他说:"目前的教

---

[1] 钱锺书:《围城》,人民文学出版社,2009,第72页。

育学还处于初创阶段,理论性不强,科学体系不够严密,许多问题尚无统一的认识,教材几乎年年变,再加上学生专业思想不巩固,对教学的要求逐年提高,又是大班上课,教育见习和课堂讨论不易举行,因而给教育学的教学增加了许多困难。"[1]针对这种状况,王汉澜探索出了"深、广、新、实"的教学模式,主张在教学内容上,理论性要讲得深一些,知识面要广一些,内容要新一些,还要多联系教育现状和中小学实际,并且强调上课前至少熟悉三遍讲稿,对教学内容剥烂揉碎、融会贯通,这样才能在课堂上突显内容的学理性和逻辑性。

  王汉澜是这样说的,也是这样做的,他每讲一遍教育学,就写一遍讲稿,补充一些新东西,一个学期的讲稿就有50多万字。听过王汉澜讲课的在校生、进修教师,乃至工厂的旁听生,都反映"教育学有学头",而且说王老师的课"笔记好记""逻辑严谨,一环扣一环"。郭戈[2]回忆说:王汉澜先生为80级同学讲授的"教育学总论"反映很好,深受学生欢迎,但到了我们81级上这门课的时候,却换成了另外一位中年讲师代教,效果一般,同学们意见较大,可经过争取也没有什么办法改变。于是,在王先生为83级同学讲授"教育学总论"的时候,我就抽空甚至旷课去旁听他的这门课。教授就是教授,系主任就是系主任,教学水平确

---

[1] 王汉澜:《王汉澜文集》,河南大学出版社,2007,第455页。
[2] 郭戈,河南大学教育系1981级本科生,王汉澜的硕士生,后在西北师范大学取得博士学位;现任人民教育出版社总编辑,中国教育学会教育学分会理事长,《课程·教材·教法》和《中国教育科学》主编。

实高出一大截。首先是不念讲义,能够脱稿讲。这与当时不少照本宣科的教学形成了鲜明对比。其次是讲得深刻,言之有物,而且逻辑性强。有的老师课上侃侃而谈、口若悬河,却浮于表面,或离题千里,看似热闹但没有真收获。再次,语言生动,幽默风趣,能够感染学生,激发学习兴趣和深入思考。这一点尤其难能可贵,是需要多年涵养、修炼和研究才能达到的高境界。王先生对待教学任务严肃负责,一丝不苟,精益求精;备课时,他广集资料,不断更新教学内容,努力做到举一反三、融会贯通;课堂上,他旁征博引,简练生动,寓德育于智育,教书与育人结合,使学生如沐春风,回味无穷。

(三) 育人为本 激励学生成才

王汉澜不仅通过课堂讲出了教育学的魅力,也鼓励并努力引领学生找到教育研究的乐趣。郭戈继续回忆说:1983年夏,学校要举办纪念毛泽东同志诞辰90周年学术研讨会,教育系也做了相应的安排和筹备工作,作为系主任的王汉澜先生在动员会上要求全系师生积极写文章、出成果,其中他的"学生也可以参加"这句话打动了我。当时我还在读大学二年级,对专业研究很感兴趣,正在钻研几个问题,于是就根据系里要求,查找了一些参考资料,经过一番学习、思考和研究,撰写了《坚持毛泽东教育思想的学习》的论文,呈给王汉澜先生并敦请他指导。记得王先生对我稚嫩的论文的题目、结构、内容和表述都提了不少意见,我便遵照他的这些意见进行了多次修改和完善。不久,在王先生的批示和安排下,我的这篇论文被排印成了铅字稿,并在教育系纪念毛泽东同志诞辰90周年教育学术报告会上得以宣读。这件事情对于一个本科生来说实在是一个莫大的鼓舞,也进一步激发了我深入钻研学术的热情和力量。虽然这篇论文没有正式发表,但至今我还保留着这篇记录过王先生悉心指导印记的铅字稿。王汉澜先生做系主任时,在很多场合都强调本科生要积极参加研究活动,也希望教师们对学生搞研究多加指导。所以,一时间教育系学生科研活动蔚然成风,许多同学都发表了专业论文或相关文章,甚至我们81级一些不考研的同学在辅导员王北生老师的带领下,毕业之前还编写了《新技术革命与教育改革》一书。在这种氛围之下,我和几位同学曾经创办过一个学生社团组织——青年心理学会,除了举办沙龙、开展问卷调查之外,还办了一个墙报和不定期小刊。尤其难忘的是,在王汉澜先生的鼓励和指导下,我投入大量时间研究教育问题且取得了成效,撰写了几篇论文和一些短文,先后发表在《河南心理学通讯》《心理学科普园地》《河南教育》《河南大学校报》《开封日报》《河南大学学报》和《外国教育动态》(现改为《比较教育研究》)等报刊上。

刘志军回忆说:我与先生结缘,追溯起来是从1985年我入读河南大学教育系本科开始的。当时先生担任教育系主任一职,本科四年,先生虽然没有给我们系统上课,但多次在听报告中领略到先生的风采,也从多个渠道了解到先生的为人、为学情况,也总是想找机会与先生直接交流。记得第一次当面请教先生是在他在一次报告结束后,我就自己阅读五院校《教育学》遇到的一些问题请教了先生,先生细心地给我讲解,他那认真专注的神情,不像是为一个本科生答疑,更像是在进行学术研讨,现在想来,他是在播撒学术种子啊!

郭戈和刘志军的话代表了教育系学生们的心声。事实上,王汉澜深广新实的教学思想不仅影响了教育系的学生,也激发了一些外系同学对教育学的兴趣,有的同学开始询问教育系是否招收教育学研究生,也有的同学请王汉澜指导开展教育研究。例如,中文系的夏林[①]在课余请王汉澜指导编写古代教育家箴言,并撰写了论文《教育本质初探》等。

三、传道授业　润物无声

王汉澜不仅自己的学术造诣深厚,在指导和培养研究生方面,更是功法独特,卓有成效。自1985年始,至1994年止,王汉澜指导了10届研究生,共42个直系弟子。"汉澜学园"的弟子们从多个方面回忆了先生的育人之道。

(一) 精读经典　厚植学术根基

王汉澜非常重视传统经典的教育意义,他牵头的教育基本理论专业,长期开设"教育名著选读"课程,学生在课上课下为

---

① 夏林,河南大学中文系77级本科生,曾任河南省十二届人大常委会教科文卫委员会主任委员。

这门课程付出的努力和得到的收获远远超越了一门课程的价值,在某种意义上,名著选读成为王汉澜帮助学生厚植文化根基的桥梁。

雷红云①回忆说:王先生对学生要求非常严格。在研一的"教育名著选读"课上,王先生要求我们阅读中外教育名著,每次上课都要谈学习心得,读原著,查文献,忙得不亦乐乎。先生为了激发我们的阅读兴趣,总是从整体解读入手,着力于焕发原著的生命力,引领我们从孔子的《论语》、柏拉图的《理想国》、赫尔巴特的《普通教育学》、杜威的《民主主义与教育》中感受不同时代的教育精华,理解人类教育中最本质、最普遍的问题。听着先生的课,感觉他就像一本本意蕴深厚的线装书,古韵悠长。

李桂荣②回忆说:进入研究生学习阶段后,第一门专业课就是王先生给我们上的"教育名著选读"。先生要求我们在读原著的基础上写出自己的论点、论据,然后再在课堂上研讨。我们谁都不敢偷懒,因为大家知道先生对于这些经典太熟悉了,不认真读,根本蒙混不过去。记得我这门课的课程论文是《孔子的君子人格及其现实意义》,课堂上讨论这篇文章时,先生不仅就立论观点提出了建议,而且详细询问了我的思考和立论过程。我把自己对《论语》中 107 次关于"君子"的表述逐层进行归类分

---

① 雷红云,王汉澜的硕士生,现任广东江门幼儿师范高等专科学校江门市 3 岁以下儿童早期发展研究中心副主任,广东省特级教师,江门市政协委员。

② 李桂荣,王汉澜的硕士生,后在北京师范大学取得博士学位;现任河南大学教授,河南省特聘教授,河南省教育学会教育学专业委员会理事长;参与了本书的编写和统稿工作。

析的草稿拿出来时，先生才放心地说：经典就是要这样学，一定要理解原著，不能仅借鉴别人的研究成果。后来，这门课的成绩，先生给了我高分，在课程论文上的批语是充满褒奖意味的"文笔犀利，大有檄文之风"。这段往事已经过去30多年了，现在回想起来，或许正是这门课程的引导，让我对传统经典有了一些偏爱。我成为研究生导师后，有几年也教授了教育学原理专业的"教育名著选读"。

2010年以来，国家在加强中华优秀传统文化教育方面出台了多项政策，要求优秀传统文化进校园、进课堂、进考纲。想到在30多年前，曾被划为"反动学术权威"并蹲过牛棚的王汉澜，恢复工作后仍能继续坚持对学生进行优秀传统文化的滋养，其远见卓识和学术气魄不能不令人敬佩。

（二）拓展视野　激发学术旨趣

王汉澜重视培养研究生的学术视野，鼓励学生钻研新的研究领域。

刘志军回忆说：1989年9月，我本科毕业后开始跟随先生攻读硕士学位。入学后不久，先生向我谈起，教育评价研究是当前教育研究中的一个重要研究领域，希望我能够关注教育评价的研究进展情况。他告诉我，这一领域在我国是新兴研究领域，很多问题并没有定论，在关注这一领域的研究情况时，不要人云亦云，一定要独立思考，形成自己的认识与判断。从那时起，我即开始了我对教育评价研究的学术生涯。我的硕士毕业论文是围绕教育评价问题做的选题,毕业后也一起致力于教育评价教学与研究工作,后来到北京师范大学攻读博士学位和到华东师范大学做博士后研究,博士论文与博士后报告选题都是与教育评价相关的主题。到目前为止,我发表的论文、出版的论著、承担的科研课题均与教育评价相关,这都得益于先生的引领。

王汉澜非常鼓励学生参加学术会议,他认为学术会议可以让学生有机会了解学术前沿,掌握学术研究动态,从而进一步拓展学生的专业视野;学术会议可以给大家提供共享研究成果的平台,从而启发学生的科研思路,提高学术鉴赏力;会议平台还会给研究生提供结交学术大咖的机会,使学生有机会领略学科领域内著名学者的风采,从而激励自己成长。在20世纪80年代,学校和教育系的经费十分紧张,但即使如此,王汉澜也作了一些制度化的规定,保证每个研究生每年至少能够参加一次学术会议。王汉澜要求研究生参加学术会议时提交论文,这样做的好处是可以使学生紧跟学术热点,培养自己的学术敏锐性,训练自己发现问题和分析问题的能力,以便向学术前辈请教,与同人交流。图3-2是王汉澜带领年轻教师和研究生一起去参加学术会议时的合影。

郭戈回忆说:王先生提出作为研究生要积极参加校内外专业学术研讨会,不断增长见识、开阔眼界。我入学不久提出要去黄山参加第一届全国高等教育思想研讨会,王先生问:"你提交论文了吗?"我说:"提交了,题目是《试论大学生的科学研究》,还收到了会务组的邀请通知。"他说:"你们外出参加学术会议

图 3-2 王汉澜带领青年教师和研究生参加学术会议

最好提交论文,凡是这样的情况我都同意。"黄山会议收获多多,在会上我还接触到了"学习学"的最新动态,回来后便写了一篇文章《一门新学科——学习学》(《河南大学报》1985 年 12 月 30 日)。由于我本科时参与了一些研究,也有兴趣继续撰文,所以对王先生的这个要求印象深刻,且在此方面也是最得益的——三年下来参加了十多个教育学术研讨会(包括省内的),先后提交了《试论大学生的科学研究》(《河南大学学报》,1986.3)、《夸美纽斯、洛克和卢梭的兴趣教育思想述评》(《心理学探新》,1986.3)、《"研究性学习法"述评》(《教育研究与实验》,1986.6)、《西方近代的兴趣教育思想》(《教育研究与实验》,1987.3)、《试论当前教育科学研究的若干问题》(《教育研究》,1987.10)、《国外大学生的科学研究及启示》(《教育丛刊》,1988.1)、《对培养教育系学生科研能力的几点看法》(《高教研究》,1988.2、3 合刊)、《再论大学生的科学研究》(《河南大学学报》,1988.3)、《略论兴趣及其在教育上的意义》(《心理学探新》,1988.3)等论文。其中有的还被《新华文摘》《教育文摘》和人大复印资料《高等教育》转载或转摘。我觉得,王汉澜先生这种培养方式能够激励和鞭策他的学生自觉或不自觉地投入更多的时间,研究更多的问题,撰写更多有水准的论文且有更多的发表机会。所谓研究生科研能力特别是创新能力、写作能力的提升,也就有了一个有效的培养机制或抓手。可以说,很多同学都得益于此,不但硕士毕业论文选题自如,研究得心应手,创作水到渠成,而且在考取博士生进一步深造、在大学或科研院所工作等方面也有了坚实的基础。

另外,为了使学生能够聆听大师的教诲,王汉澜在研究生培养过程中不仅采取引进来,请专家学者到校讲授课程、办讲座,同时也要求学生走出去向专家学者请教,这在当时叫作"游学"。有时,王汉澜会根据研究生的研究偏好,亲自带领研究生去走访名家。

杨银付[①]回忆说:1990年秋季,王先生带领我们第一届研究方法方向的研究生去游学(见图3-3、图3-4)。从河南开封出发,第一站到武汉华中师范大学教育系,邀请王道俊先生、郭文安先生、旷习模先生以及杨小微等弟子共同探讨教育基本理论以及教育实验的本质、内涵、特征等核心问题,为《教育实验学》

---

① 杨银付,王汉澜的硕士生,后在华东师范大学取得博士学位;曾任驻洛杉矶总领馆教育领事,国家教育发展研究中心副主任,现任中国教育学会秘书长。

的编写奠定了基础。第二站到杭州大学（现已并入浙江大学）拜访张定璋先生和刘力先生,请教他们对教育实验的真知灼见,当时张定璋老师被认为是教育实验领域的翘楚。第三站到上海华东师范大学拜见瞿保奎先生,这次拜访为我以后师承瞿先生攻读博士学位打下了基础。第四站到南京师范大学拜见班华先生,就有关教育测量学的相关问题进行讨教。同学们一路下来收获满满,见识了大家们渊博的学识,精深的学术造诣,深厚的文化底蕴和为学谆谆教诲、为人谦谦君子的风范,深深地影响了学生的一生。

图3-3 王汉澜带领研究生拜访华中师范大学王道俊等

（三）理器双修 积蓄学术能量

体用并举、理器兼备是王汉澜的为学之道,相应地,以理器

图3-4 王汉澜带领研究生拜访杭州大学张定璋教授

双修帮助学生积蓄学术能量也成为他重要的为师之道。

郭戈回忆说：王先生指导和培养研究生很有底气，也很得力，有自己一套独特的章法。他既注重研究生基本理论功底的训练，又强调科学研究方法的掌握；既重视研究生的学习和研究，还关心研究生的思想进步和生活状况。其中，有两点我感触很深：首先，注重研究生理论功底和研究方法的培养。王先生在教育基本理论以及教育的统计、测量、实验和评价领域的造诣都很深，并兼带教育基本理论和教育研究方法两个专业方向的研究生，这种"文理双料导师"至今也不多。他长期受到马克思主义理论的熏陶，对指导教育学的这一强大思想武器十分看重，认为教育基本理论专业的学习和研究首先必须掌握马克思主义的立场、观点和方法问题,要学会用唯物史观和辩证法分析和解决教育的理论和实际问题。所以,他首先关注研究生的理论思辨力和一般方法论的培养,要求学生阅读马克思主义的一些原著和相关著作。就我了解的前几届的同学来说,这方面下的功夫着实不小,尤其是本科非教育专业而是学外语学理科的,更是深感压力巨大。说到读书,在王先生看来,"不读书,不博览群书,专业学习和研究都是无本之木、无源之水。而且读书也有讲究,还要会读书,读好书"。在理论学习的基础上,王先生很强调定性研究和定量研究的结合、教育学科与其他学科之间的融合,这在研究生的课程安排、教学过程、论文指导和学术交流等方面都有相应的体现。比如,课程安排既有教育学原理专题、课程教学论专题、德育研究专题、马列论教育等,又有教育统计学、教育测量学、教育实验学、教育评价学、计算机以及教育科学研究方法等,还有教育心理学、教育哲学、教育社会学、教育法学等。其中有些课程还是由外校的教授(如西北师大李秉德教授、北京师大黄济教授、华中师大王道俊教授、中央教科所藤纯研究员等)来讲授的。这些给历届研究生的学习和科研打下了坚实的基础,也形成了河南大学教育学专业研究生培养的风格和亮点。

张新海[①]回忆说:王先生文理贯通,在教育基本理论研究方面,作为五院校《教育学》教材的主编之一,在很多基本理论上

[①] 张新海,王汉澜的硕士生,后在西北师范大学取得博士学位;现任河南大学教授,河南大学教育硕士培养中心主任;参与了本书的编写工作。

有所突破和创新,同时在教育定量研究和评价领域涉猎之广、造诣之深,国内无人与之比肩。王先生编著的《教育统计学》一改传统教育统计学晦涩难懂的弊端,用教育人,尤其是教育文科学生的视角去阐述数学和统计原理,简明易懂,深受学生欢迎,许多高校把之作为教材使用。王先生主编《教育测量学》《教育实验学》《教育评价学》,为20世纪80年代中国教育学科教材建设做出了卓越贡献。同时,王先生很强调定性研究与定量研究的结合,强调教育学科与其他学科的融合,要求大家把教育研究方法课程、计算机课程学好,重视横断学科(系统理论和数学)对于教育科学研究的指导作用。他以身作则,率先垂范,研究和学习"三论"(系统论、信息论和控制论)的基本原理和方法,并把之应用到教育研究中。由于研究成果卓著,李秉德先生主编《教育科学研究方法》(人民教育出版社,2001)特邀王先生撰写"系统论、控制论、信息论在教育研究中的应用"一章。

1988年,河南大学开始招收教育研究方法专业方向的研究生,王先生认为,作为教育研究方法方向的研究生,要成为一个复合型人才,第一要有哲学的深厚基础为教育研究打下扎实的理论基础,并把之作为教育研究的指导思想,既要认真学习和把握马克思主义哲学(尤其是唯物辩证法),又要关注实证主义、后实证主义、建构主义、批判理论、现象学、释义学、符号互动理论、民俗方法学等西方哲学流派和社会科学思潮;第二要学习和研究横断学科的相关理论及方法,尤其重视系统科学["三论""新三论"和非线性理论(混沌理论和分形理论)]对于教育研究的指导和启示,认真学习和把握数学(多元统计、模糊数学、灰色系统理论)在教育科学研究中的思维方法和价值;第三要掌握社会学、人类学、管理学、心理学等学科的理论和方法;第四要有观察、实验等具体方法的理论修养和训练。

为了适应教育实证研究的需要,王先生邀请河南大学数学系的樊家坤教授和孙荣光教授分别给教育研究方法专业的研究生讲授"多元统计分析"和"模糊数学"。这两门课为同学们打下了坚实的量化分析基础,拓展了同学们看待问题的角度。

河南大学教育学专业的研究生在20世纪80年代即开设了"多元统计分析方法"和"模糊数学方法"等定量分析方法课程,这在当时属于前位,具有远见性,深受同行认同。著名教育学家李秉德先生曾计划让西北师范大学的教育研究方法专业研究生来河南大学一同学习"多元统计分析方法"和"模糊数学方法"两门课程,后来由于住宿和经费等因素未能成行,李先生深感遗憾。

2015年10月17至18日,由华东师范大学教育学部、北京师范大学教育学部、全国教育科学规划办和光明日报社教育研究中心联合主办的"全国首届教育实证研究论坛"在华东师范大学举行,并于此后每年举行一届。2017年1月14日,由华东师范大学和13所大学的教育科学学院(部)院长、32家教育研究杂志主编以及全国教育科学规划办公室和光明日报教育研究中心负责人,召开全国教育实证研究联席会议,一致通过了《加强教育实证研究,促进研究范式转型的华东师大行动宣言》,以此推动我国教育研究进入了加强教育实证研究的新时代。想想王汉澜在30年前对教育实证研究所做的贡献,其远见卓识再次令后学感慨。

(四) 和谐氛围　陶冶学术情怀

王汉澜常说,学术是一种发自内心的活动,只有找到学术的乐趣,才能享受学术过程。他非常重视对学生学术情怀的激发,借鉴西方"Seminar"的方式,经常组织学生在轻松和谐的氛围中,激发学术思想,享受学术体验。王汉澜的书房是他与学生经常进行学术研讨的地方(见图3-5)。

图3-5　王汉澜在其书房

殷杰兰①回忆说：目前自己的四书五经理论根基全是读研时跟着先生打下的。我们当时对于中国传统经典的学习，采取的是与国际大学接轨的学研方式，先生说这种形式在国际上叫"Seminar"。先生每个月给我们指定书目，要求自己去研读、查资料、写研讨论文，在指定的时间我们师兄妹三人与先生开展学术讨论。"Seminar"需要有争论，争论有时还很激烈，但越是这样，先生就越喜欢，而非因此记恨你。

康宏②回忆说：与现在高校严格的教务管理不同，当年我们研究生的授课方式是多种多样的。除了在教室授课，苹果园小区王先生的家中也常常是我们上课的场所。研究生期间，我印象最深的竟也是王先生在家中授课的情景！与坐在正规教室授课不同，在王先生家中上课，王先生会坐在客厅的沙发上，而我们则围坐在先生的周围，或倾听，或记录，或讨论。家中的气氛自然比教室的气氛轻松、和谐，我们的学习、讨论也自然活泼、自由了许多。而每每此时，已从小学教师岗位退休的师母便会与我们围坐一起，面带微笑，用欣赏、爱慕的眼神看着先生，饶有兴趣地和我们一起听先生授课。除了讲授，王先生有时还用家中的录音机给我们播放一些他在外面的讲座录音。……时至今日，在大学教学管理的规范化和标准化要求下，虽然家中授课早

---

① 殷杰兰，王汉澜的硕士生，后在华中科技大学取得博士学位；现任河南财经政法大学副教授，曾获学校"三育人"、优秀共产党员称号。

② 康宏，王汉澜的硕士生，后在华中科技大学取得博士学位；现任佛山科学技术学院高等教育学研究员。

已不可能,但这种亦师亦友、温馨和谐的教学情境却一直是我课堂教学中努力追求和践行的方向。……"师者,所以传道授业解惑也",我想,这句话用在王先生身上,是远远不够的。除了传道授业解惑,先生更以其温馨和谐、严谨细致、敢于担当的师者风范引导着我们前进的每一步、学习的每一天,并影响着我们每一个人。如果说"学高为师"可以将先生比作高山,那么"德高为范"则可视先生为高山仰止。

李国全[①]回忆说:当时,教育系在河大是一个小系,教室不足,加之研究生人数少,所以小课经常在我们的宿舍上。宿舍的空间很小,师生间的距离很近,有时像是促膝谈心,有时又很活跃。在宿舍上课,就像形散神不散的散文,形式无拘无束,但课程内容仍然是严谨的。并且,先生绝不会随意停上任何一节课。记得有一天夜里开始下大雪,第二天早上正好是先生的课,我们想着,先生已经年过六旬,这么大的雪,先生应该不会来上课了。可谁知没过多久,先生竟踏雪而来!进得屋来,先生身上还残留着雪,衣服湿了一片一片的,他一边脱大衣,一边满脸含笑说,路上不好走,晚到了一会儿,耽误上课了。我们深深为先生的敬业精神所感动,也在先生的示范下明白了"事思敬"的道理。

张素玲[②]回忆说:先生是教育理论研究的大家,也是一位诲

---

① 李国全,王汉澜的硕士生,现任河南广播电视台总编室副主任,主任编辑。

② 张素玲,王汉澜的硕士生,后在华东师范大学取得博士学位;现任中国浦东干部学院教授,领导研究院副院长。

人不倦、善于启发诱导的教育家。我们1991级5位研究生,一年级时上教育基本理论课程,我记得通常是在先生家里的书房上课,每周针对一两个问题进行专题讨论。我比较内向,每次见到先生总有点怕怕的,内心有点自卑,担心被先生询问学业时回答不上来受批评。然而上课时,先生总是和颜悦色,循循善诱,令人有如沐春风之感。这样,我也慢慢摆脱了焦虑和内向。上课时,有时先生会针对问题进行条分缕析的讲解,先生学识渊博,旁征博引,他的思想和观点总令我们叹服;有时他会抛出问题鼓励我们结合历史和现实进行梳理分析;有时在我们5位同学争论得不可开交时,先生又会及时提醒,拨开迷雾。先生的书房成了探求真知、激荡思想的地方,往往不知不觉间一个上午就过去了。那时,到了中午,先生和师母常会留我们在家里吃饭,饭桌上,我们总是忍不住继续向先生请教,而师母则总是热情招呼我们多吃菜多吃饭。充分享受精神大餐之后在先生家里打牙祭,也成了我们每周最期待的事儿。

(五)研究创新 促进学术成长

研究生是学习做研究的学生。王汉澜促进研究生学术成长最有力的抓手莫过于激发并带领学生开展研究实践。

郭戈回忆说:王先生说,"做研究生就得搞研究,搞研究就得有创新,而做好研究和创新,只有在不断研究、写作和进行研究性的学习过程中锤炼和提高"。为此,他希望我们要成为图书馆和资料室的"常客",关注和浏览学术期刊,把握教育研究动态,站在学术前沿阵地,既要学会做读书笔记,又要善于记录自己的"灵感火花";他要求我们在完成课程学习的同时,统筹兼顾,尽早谋划学位论文,提前做好前期准备工作,还要在每门课程结束时完成一项研究任务,撰写一篇研究报告。

张新海回忆说:王先生在做好自己科研的同时,也带领学生参与到研究中来,这为同学们的学术成长搭建了平台。20世纪80年代,系统理论(系统论、控制论、信息论也称"三论"或"老三论")受到追捧,各行各业都在用系统论原理指导工作,在中小学也形成了用系统论指导学校教育教学和管理的热潮,中小学整体改革实践或中小学综合改革实践如雨后春笋般出现。但是,基础教育工作者对于教育实验的内涵特征、教育实验的设计、教育实验结果的统计分析等核心问题知之甚少,而有关教育实验的参考资料几乎没有,能看到的只有1949年之前出版的几本《教育研究方法》中谈到的实验法,内容陈旧,指导不了以系统论为理论基础的综合实验或整体实验研究,实践领域迫切需要符合时代要求的理论指导。王先生敏锐地洞察到教育实验研究对于基于指导教育实践的重要意义,1988年第一届教育研究方法专业同学一入校,王先生就指导大家积极投入到教育实验相关问题的学习与研究中,并决定带领同学们编写一本新的《教育实验学》,内容紧扣当时中小学教育实验中遇到的核心问题,分为七章:教育实验概述、教育实验的方法、教育实验的设计、教育实验的实施、教育实验结果的统计分析、教育实验的评价、教育实验报告的撰写。王先生负责第一章和第七章,其他各章由同学们负责,王先生要求大家一定要把最新的研究成果融入教材的编写中,每周进行一次写作进程汇报,就写作中的疑问和感想、重点、难点进行交流和研究。同时,编写过程中尽量回应一线实践工作者的诉求,譬如,教育实验是真实验或是准实验?实验过程的控制程度如何确定?整体改革实验或综合改革实验应如何设计?实验结果如何分析?初稿于1990年底完成。这里还有一个小插曲:初稿完成后,王先生和同学们都非常开心,但是好事多磨,王先生把书稿放在自行车车篓中,回到家后,车篓中的书稿不翼而飞,急得王先生立即通知同学们沿途找寻,张贴寻物广告,连续几天没有任何讯息。书稿没有失而复得,王先生甚是惭愧,同学们劝王先生不要担心,收集的资料还都在手边,我们重新写就是了。于是,同学们夜以继日,又奋战了一个多月,终于完成了书稿。成书的过程中,同学们也取得了丰硕的研究成果。王德如基于对第三章"教育实验的设计"的研究,发表了《整体改革实验的误差及其控制》(《教育研究与实验》,1989.3)、《再论教育整体改革实验的科学化》(《教育科学研究》,1990.6)、《教育实验的本质、控制与科学化》(《教育研究》,1991.12)、《教育整体改革实验实质的再认识》(《教育理论与实践》,1992.1);杨银付基于对第六章"教育实验的评价"的研究,发表了《当前我国教育科学研究中存在的几个问题浅析》(《河南大学学报(社会科学版)》,1989.6)、《教育实验内部效度三题》(《教育研究与实验》,1991.1)、《教育准实验的科学规范探讨》(《教育研究》,1992.10)。后来同学们的学位论文也多是结合《教育实验学》的相关内容进行选题,对相关问题作了更为深入的探讨,这种研究经历对同学们以后的科研、教学等产生了深远的影响。

汪基德①回忆说:1988年9月,我以在职教师的身份考入先生名下,成为教育学原理专业教育科学研究法方向的硕士研究生。通过参加《教育实验学》教材的编写,同学们更加体验到先生严谨治学的学风,也锻炼了科学研究能力。这部著作填补了我国教育实验学教材的空白,在1997年获得了国家级优秀教学成果二等奖,是我后来晋升职称和获得各种学术支持的重要成果,为我后来的学术道路奠定了良好基础。基于参与编写此书的收获,我后续又发表了《教育实验中统计方法的正确选择与运用》(《教育研究与实验》,1993.2)、《对教育实验统计检验若干问题的探讨》(《教育研究与实验》,1997.1)、《教育实验成败评价标准探讨》(《教育研究与实验》,2000.1)、《关于教育实验方法论的思考——兼谈素质教育实验的方法论问题》(《现代教育论丛》,2000.2)、《走向行动研究的教育实验》(《中国教育学刊》,2006.6)。

学生们的一段段记述,展开的是一个个生动画面,铺成的是一幅经师与人师传道授业的魅力画卷。王汉澜或以深厚功底指导学生,或以严格要求规范学生,或以围坐授课融入学生,或以

---

① 汪基德,王汉澜的硕士生,后在西北师范大学取得博士学位;曾任河南大学教育科学学院院长,现任河南大学教授,中原名师;参与了本书的编写工作。

自身垂范启迪学生,或以传统经典滋养学生,或以因材施教通达学生……每一个画面都至善至美、润物无声。

四、仁心仁闻　香远益清

(一) 爱生如子　师者父母心

作为一名研究生导师,王汉澜对弟子,可谓是"燥湿寒温荣与悴,都在心头眼底,费尽了千方百计"。在所有弟子心中,王汉澜不仅是身正学高的严师,更是无微不至的亲人。在被誉名为"汉澜学园"的弟子微信群里,众多弟子回忆了自己的求学时光,并分享了自己与王汉澜之间的故事。从这些故事中我们不仅能真切地重温王汉澜给予弟子们的严慈相济的师爱,而且能深刻感受到王汉澜对弟子们的爱是毫无偏见的阳光之爱,这种爱着实滋润了每位学生的心田,这是高尚的为师之道,也是睿智的为人之道。

在此,我们摘抄一些学生的回忆,共同沐浴王汉澜的师爱之光。

王秋丽[①]回忆说:在20世纪八九十年代,许多来自农村的大学生由于英语基础比较薄弱,考研时虽然专业课成绩很好,但是英语成绩却低于录取分数线几分,遇到这种情况王先生总是想

---

① 王秋丽,王汉澜的硕士生,原就职于解放军防空兵指挥学院,退役后在北京师范大学取得博士学位;现任北京汇佳职业学院教授。

尽办法,帮助学生申报破格录取。我硕士研究生入学考试时,英语成绩也是卡在了统招线和破格录取线之间,不能正常录取,只能破格录取。王先生积极为我申请破格录取,并且在得到研究生院的录取消息时,已是68岁高龄的王先生,亲自爬楼梯到我在六层的学生宿舍,第一时间把这个好消息告诉我。每每想到王先生,这一幕就会浮现在眼前,他那并不健壮的身躯,微驼的后背,一步一步爬楼梯时的吃力和坚持,令我终生难忘。他完全可以找一位学生把这个消息告诉我,也可以通过宿舍的公用电话告知我,也可以等研究生院通知我领取录取通知书,但是先生都没有那样做,他知道我等待录取的急切心情,急学生所急。也正是先生的关爱和示范,每当我在学业上、学术上有所懈怠时,就会想到先生的勤奋和坚忍;每当我在工作上放松要求时,就会想到先生对工作的高标准、严要求;每当我在做人上想得过且过、糊涂一时时,就会想到先生的洁身自好、严于律己、宽以待人。

张素玲回忆说:先生为师,竭尽心力,兢兢业业,至今还记得先生指导我写作毕业论文的往事。那是1994年初,春节刚过,我回到学校,去看望先生并想同他讨论毕业论文的事情。一到先生家,师母小声告诉我,先生连续几天熬夜写文章,劳累过度加上天气寒冷,患了重感冒,刚吃了药在休息。听到我和师母说话的声音,先生从卧室出来,只见先生面色苍白,声音有些沙哑,看起来很憔悴。我不忍过多打扰,起身向先生告辞。不想先生却不顾虚弱的身体,和我谈论起毕业论文的修改。他走到书房拿了一摞稿纸交给我,那是我毕业论文的初稿,只见方格稿纸上满是密密麻麻的用红色笔迹做的批改,字迹苍劲有力。先生一页一页、一段一段地给我耐心指出文章的不足,说明哪里需要修改,哪些问题需要进一步澄清。先生的声音不大,说话间咳嗽不止,但充满真知灼见的点拨令我茅塞顿开,感动至深。很多年过去了,每每忆起那篇用方格稿纸写就的满是批改字迹的论文初稿,先生消瘦的面容总会浮现眼前,先生的谆谆教诲也犹在耳畔。

胡自力[①]回忆说:王先生时刻关心同学们的生活,谁有个头痛发热的他都记在心上,不时地打电话询问情况,有住院的他一定会去医院探望。我在读研时做过一次痔疮手术,有几天不方便活动,王先生知道后亲自来看我,嘱咐我不要着急,安心休息。虽然只说了几句平常的话,但当时的情景就像长辈对孩子在说话,质朴、自然、温暖、感动。能跟随导师王先生,我一直感到非常幸运!

康宏回忆说:每个人的成长过程中都会遇到一些重要他人,王先生则是我研究生学习期间遇到的第一重要他人。我曾有幸与王先生合作,作为第二作者,公开发表了我的第一篇学术论文《简论我国的德育传统》(《河南大学学报(社会科学版)》1996年第5期)。记得当时和先生在修改研讨论文时,文中有这样一

[①] 胡自力,王汉澜的硕士生,原就职于解放军信息工程大学训练部,现退役到上海,注册创办了南鼻馨医疗器械有限公司。

句话:"当前市场经济的发展,一方面为我们的德育工作提供了有利条件和物质基础,另一方面也给德育带来一定的困难。"这句话在现在看来并不算什么,但当时在社会主义市场经济初期,这句话触及了对市场经济评价这样比较敏感的话题。王先生谈到这句话时,像是自言自语,又像是对我说,"就这样写吧,出了事情,我来负责"。作为学生的我,当时并不能真正理解经历过社会变迁的先生讲这句话的含义,也并不知道"文责自负"的真正分量!事隔多年,回想起来,先生的这句话既是作为学者对学术创新的坚持与勇气,也是作为教师保护学生的责任与担当。

陈家顺[①]回忆说:我从一个穷乡僻壤的农村教师,走向百年名校河南大学教育系,拜投在王先生门下,是我一生之大幸。先生把我铁杵成针、磨炼成钢,将我从中学教师的思维引入学术殿堂的视野。王先生指定《大学》《中庸》《论语》《孟子》这些经典名著作为我们研究生的重点书目。课堂上,我脱口背诵了一些四书五经的名篇名句后,先生有些诧异,我说我也出身于"黑五类"(今天是书香门第),爷爷被判死刑,因为救助过公安局长,改为保外就医,郁闷而亡。奶奶接受贫下中农再教育,晚上批斗会上,年小体弱的我代替文盲的奶奶背诵《老三篇》后,老贫管将从我们家抄走的书籍归还了我,我差不多是在经史子集中泡大的,但因为当时认为这是封建毒草,一知半解都没有。王先生

---

① 陈家顺,王汉澜的硕士生,后在浙江大学取得博士学位;2020年12月11日因病英年早逝,生前就职于郑州轻工业学院。

听了我对四书五经的理解后感慨地说:"使其昭昭,使其昏昏。"

或许是因为我的家庭经历,王先生对我多了份怜惜,总用一颗父母心关爱着我。1992年我在河南大学读研期间,夫人在乡村中学任教,女儿四岁左右,家庭经济条件相对艰苦,我时常请假回家看望孩子。先生对我的家庭生活关怀备至,问我夫人是否愿意来河南大学进修学习。这当然是我梦寐以求的事,不仅解决了两地生活的不便,也为我夫人提供了求学上进的机会。后来,在王先生的鼓励和支持下,我夫人考取了西北师大数学教学论专业,完成了硕士教育,现今成为大学教师中的一员。

王琴[①]回忆说:先生平易近人,对待我们就像对待自己的孩子,时刻为我们事业的长远发展着想。在我毕业时国家已不再包分配,开始实行"双向选择"。由于早在每年的教育学年会上就与河南教育学院的领导和老师相熟了,所以很顺利地联系到河南教育学院教育系的工作。而这时,我又结识了郑州大学的一位教授,她在着手成立一个民办学院,需要一位院长助理,我有些心动。犹豫不决之中,我就去找了王先生。先生非常果断而又语重心长地说:民办大学的学术氛围较淡,你有学术潜质,还是不要去这样的学校了。我听了先生的教导,义无反顾地去河南教育学院任教了。

殷杰兰回忆说:临近毕业时,我当时的选择是去高校做老

---

① 王琴,王汉澜的硕士生,后在华东师范大学取得博士学位;现任上海市教育科学研究院职教所政策研究室主任。

师。对于老师而言,如何授课是再重要不过的事情,授课不但需要你有知识,还需要你懂得授课的艺术。为此,王先生约戴国明老师一起亲坐课堂,以学生身份听我讲课,指正错误,帮助修改教案,此情此景,让我不禁想起了鲁迅先生笔下的藤野先生。

先生既有大师的尊严,又有父亲般的温情。记得毕业后有年冬天去看望先生。临近中午,先生与师娘无论如何不让走,先生说:"今天咱也不费事,让你师娘包饺子。"吃饺子时,先生与师娘还不停地劝说,说外面天冷要多吃。看着先生与师娘,我想到了自己回老家时,父母也总是喜欢给我包饺子吃,先生与师娘对我的言语,与父母如出一辙。

吕幼枫[①]回忆说:1999年,在毕业10年的时候,我回开封看望先生,向先生汇报了我在政府工作的情况。先生肯定了我的工作成绩,还送了我一幅字(见图3-6),以勉励我好好工作。"多闻阙疑,慎言其余"这八个字出自《论语》的《学而篇》,原文是:子张学干禄,子曰:"多闻阙疑,慎言其余,则寡尤;多见阙殆,

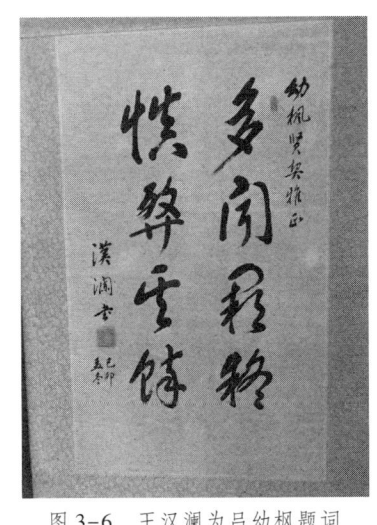

图3-6 王汉澜为吕幼枫题词

---

① 吕幼枫,王汉澜的硕士生,现任洛阳市医疗保障局二级调研员。

慎行其余,则寡悔。言寡尤,行寡悔,禄在其中矣。"因为我在政府工作,平日里做事也有些毛糙,自知这八个字对于我的分量。先生赠字蕴含的殷殷之情、谆谆之意,亲生父亲也莫过于此。

栗玉香[①]回忆说:硕士毕业后,我人生的三件大事——找工作、谈对象、读博士,无一不受到王先生的关心和帮助。

1989年研究生毕业联系工作时,社会给我上了严肃的第一课。那年的政治事件不同程度地影响到了当年的研究生就业,我来回奔波于开封与郑州之间,身心疲惫。那时候的先生如同自己的父亲,时刻惦记着我的工作问题,在我人生最迷茫的时候犹如一盏指路的明灯。他不仅帮我推荐用人单位,还不断地鼓励我。每次到先生那里,他就会说,你是一个"没有娇骄二气,做事情有毅力的学生,既然工作方向确定了,全力以赴就可以办好的"。找工作是艰辛的,但有了先生的关爱和鼓励,我不孤单,不惧怕。那段时间经历的一切是我一生的财富,坚持,再坚持,总会有结果,有收获,经历了人情冷暖,倍感先生关怀的珍贵。

我的爱人——我同班同学冯国有,是王先生给我钦定的"对象"。先生说,"女孩子找对象主要看人品,他心地善良,懂你很重要"。1999年,我和国有回校看望先生时,正赶上庆祝澳门回归,先生专门书写了一幅字赠予国有:"春风拂煦南海湾,濠江水暖莲花鲜,燕子啣云吉祥报,珠还合浦举国欢。"(见图3-7)

---

① 栗玉香,王汉澜的硕士生,后在北京师范大学取得博士学位;现任中央财经大学教授,博士生导师。

第三篇 为师:勤恳敬业 桃李天下

这幅饱含先生爱国之情、遒美健秀、爱意满满的字至今还挂在我家客厅,激励着我们全家不断进取。

1998年,全国教育经济学年会在郑州召开,我和学校的副校长吕育康教授一起参加会议,第一次见到了我后来的博士生导师靳希斌教授。当时,吕校长说,你研究生是学教育

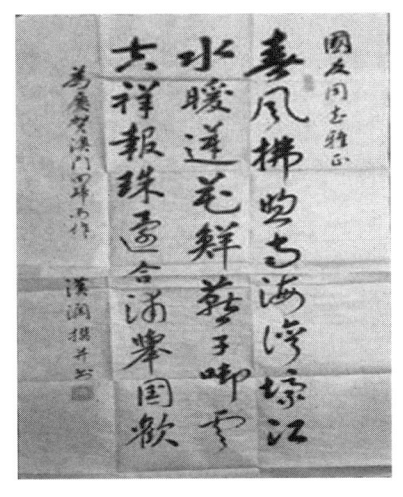

图3-7 王先生赠予冯国友的字

的,又在财经院校工作,何不去考靳老师的教育经济学博士。一句话点醒梦中人,我想还真的是这样的。当我去拜见王先生并讲出这一想法时,先生非常高兴。他说:学习是无止境的,读博士是难得的再学习机会,北京平台大,信息广,机会也多,应该去试一试。在我报考博士的时候,有全脱产和在职攻读博士两种选择,考虑到自己的年龄和家庭情况,究竟选择哪一个,我犹豫不决。当问询先生的时候,先生就像父母为孩子的长远发展而绸缪,很坚定地鼓励我全脱产去读,说在北京可以享有全国乃至世界一流的机会。先生语重心长的教导坚定了我的信心,我毅然放弃了已有的处级干部和副教授待遇,选择了全日制学生生活,开始了全脱产攻读博士的研究生经历,也正是这个决定改变了我整个家庭的命运。毕业于美国哥伦比亚大学的女儿常说,

是爷爷(王先生)的英明指导,才有了她成为北京小妞的机会,进而有了出国学习成为国际化人才的机会。

汪基德回忆说:王先生作为著名的教育学者,不仅在学业上引导我,而且在为政做人上也影响着我。他曾任民盟开封市主委,开封市人大常委会副主任和开封市政协副主席。他宽广的胸怀、睿智的思维、处处为别人着想的风范,让我受益终身。他经常对学生说,做学问、做事、做人都重要,但后者更重要。20世纪90年代末,由于我在工作中取得了一些成绩,在品格上也受到了一定锻炼,不少民主党派的负责人争相希望我加入他们的组织。我向王先生请教,他热情地把我推荐给民进开封市主委荣铁生先生,使我顺利加入了民进组织,并很快在民进组织中发挥了重要作用。由于积极参政议政,我经常受到上级组织的表彰,并成长为民进开封市委委员、河南大学总支主委,民进河南省教育研究会会长,河南省政协委员。后来也是在王先生的影响下,我又光荣地加入了中国共产党。

李桂荣回忆说:我从本科到硕士,从求学到工作都在先生身边,较多地受到了先生的关爱。在生活方面,我从谈朋友到结婚,先生和师母先当媒人,后当参谋,每一步都要把关;在工作方面,从研二开始,先生就和我谈留校任教的事,并于研三期间,在戴国明老师的积极协调下,送我到北京师范大学,跟随靳希斌教授学习教育经济学。为了保证我能胜任教学工作,先生对于我的教学实习和平日里的学术汇报都提出了严格要求。我在板书时无意识地用手擦了黑板,或者不经意地用粉笔在黑板上点了一个点,或者表述中有些碎碎念的副词,先生都会很严肃地命我纠正。即便是在与先生讨论文章思路时,如果在纸上画得乱一些,先生也会要求我像写板书一样,注意逻辑清晰、布局工整。现在,我已留校工作30多年,在我内心永远有座先生树起的丰碑和不能逾越的规矩,我对河南大学以及教育学科的感情,朦胧中也总是会下意识地以先生为化身。先生去世时,我不仅能以学生的身份起草悼词,也能和几位哥哥一起商量子女的悼词。在先生那里,我从没拿自己当外人,先生和师母永远是我至亲至敬的长辈,也永远是我心中的灯塔。

桃李不言,下自成蹊。弟子们的这些记述,字字含情,句句温暖,王汉澜给学生的是真正有温度的教育,是立德树人的教育。王汉澜不仅是学生在校期间的学业导师,更是学生终身发展的人生导师,是真正意义上的学生成长道路上的指路明灯。

(二) 有教无类　贤契慕名来

王汉澜作为全国教育学界知名学者,除了研究生弟子外,教育系的本科生,以及慕名求教者也很多,对于这些学生,王汉澜从来都是有教无类。

许建领[①]回忆说:王汉澜教授是我们仰慕的大师。他没给我们授过课,但我们在大学毕业前,几个考上研究生的同学一起到

---

① 许建领,河南大学1990级本科生,后在华中科技大学取得博士学位;现任深圳职业技术学院校长。

他家拜访求教,他勉励我们好好求学,还给我题写了寄语:"海阔凭鱼跃,天高任鸟飞。"这对我的求学深造是一种极大的激励。(见图3-8)

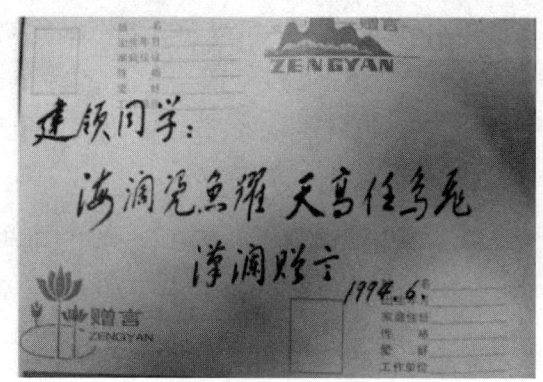

图3-8 王汉澜为许建领赠言

在王汉澜的自述中也曾说:"由于我发表过几篇文章,写过两本书,不少青年慕名给我来信,请教一些教育理论问题,询问一些报考研究生和其他的问题,甚至寄来一些稿件,要我审阅指导,对这些勤奋好学的有志青年,我衷心欢迎,自感有责任扶植他们。所以,凡是来信者,我总是挤出时间,及时地认真地做出回答,从未推辞。数年来,给这些没有见过面的学生的回信,不下百十封。"①

同学们聚在一起追忆与王汉澜在一起的时光时,许多同学都说曾帮老师到邮局邮寄过给慕名求教者的回信。还有几位同学谈起了考学前向王汉澜请教的经历。

熊光慈②回忆说:我是师范的,毕业后,回到家乡的县高中

---

① 王汉澜:《王汉澜文集》,河南大学出版社,2007,第461页。
② 熊光慈,王汉澜的硕士生,后在天津大学取得博士学位;现任河南广播电视大学纪委书记、监察专员。

任教物理课。那会儿,年轻教师中有一股考研热,我也受到了感染。经过思考比较,我选择了"教育学"作为专业方向,并首选河南大学,很大程度上是因为手边有王汉澜教授的《教育学》。我按照书中序言、后记等处提供的地址信息,大着胆子给河南省开封市明伦街河南大学"王汉澜教授"寄写了此生第一封给教授的信——心情很兴奋,也很忐忑。更令人无比激动的是王先生用他那书法家一般遒劲有力而又颇富美感的字体,工工整整写了封热情洋溢的回信,真是鼓舞人心啊!毕竟专业基础差、底子薄,加之高中教师考研不能当主业,所以第一年没考中。在王先生再一封信的热情鼓励下,那就撸起袖子加油干吧!于是,就有了和刘志军学兄一起入学,和今天"汉澜学园"众多师兄弟的情缘!

王琴回忆说:第一次与王先生见面是在1988年,我因为想报考教育学专业的硕士研究生,冒昧地前往他苹果园的家中拜访。当时,河南大学,乃至整个河南省的教育学专业,只有王先生有资格招收硕士研究生。第一次登门,我不免惴惴不安,但先生和蔼可亲,并不因我的冒昧而敷衍我,和我谈了当年研究生的招生考试情况,并告诉我来年要招收的研究方向,需要考试的学科内容,这使我忐忑不安的心慢慢平静下来,更加坚定了跟从先生从事教育理论研究的决心。1990年,承蒙先生不弃,我幸运地成为先生的弟子。

张建华[①]回忆说:在王先生指导的研究生中,我的学业基础是比较差的。尽管我在河南大学教育系进修了两年,但知识视野、专业理论、写作能力等等,相比于受过大学系统训练的其他同学仍有巨大差距。我常常因为如此薄弱的基础而自卑,不敢直面先生。但是,先生对我这个基础较差的学生,并没有嫌弃,而是悉心指导我,给予我信心。现在,我也指导研究生了,秉承王先生的教诲,不论这些学生的毕业学校、所学专业和专业基础有何差异,我都尽力做到因材施教,把他们的兴趣、特长和专业教育要求相结合。

(三) 仁爱远播 学界声望高

王汉澜凭着对学生的博爱、厚爱,不仅赢得了学生们的尊重,也赢得了全国教育学界同人的尊重。我们在整理王汉澜的遗物时,看到了他与西北师范大学李秉德、景时春、王嘉毅,华南师范大学邹有华,课程教材研究所陈侠,东北师范大学曹延亭,福建师范大学万梅亭,北京师范大学顾明远、黄济,河北大学滕大春,华东师范大学叶澜,中央教育科学研究所滕纯,教育部袁华,人民教育出版社胡寅生,华中师范大学王道俊、郭文安,西南大学杨守义,广西师范大学黄明皖,南京师范大学班华,山东师范大学赵承福等知名教育学家的通信,在这里我们转摘几个片

[①] 张建华,王汉澜的硕士生,后在复旦大学取得博士学位;现任上海对外经贸大学副教授,曾两度获得国家教学成果奖。

段,以呈现各位学界泰斗对于王汉澜的尊重、敬慕和厚爱。

华中师范大学的王道俊因与王汉澜共同主编《教育学》教材,交情甚笃,有多封往来书信。1991年7月3日的信中,开篇一段写道:

> 汉澜同志:
>
> 您好!
>
> 教育基本理论专业委员会下次学术讨论会的主题,初步定为"教育学研究的方法论问题",我草拟了一个建议,上月初已请文安寄上,想已收到,还望提出修正意见。这个主题是按叶澜同志的意见确定的,建议也基本上是根据她的意见写的,在此之后,曾征得部分同志的意见,其中包括叶澜同志的意见。三月份,趁去北之后,又分别同叶澜、有信及同善、策三、喜亭诸同志议过。每位同志都提出很好的意见,但可以说是一个人一个主张。对讨论教育学方法论问题,大家也表示赞成,却又感到难度太大,缺乏研究基础,担心不易取得进展。您对教育学研究方法论问题早有研究,如果会议主题能这样定下来,还望撰写论文,以提高会议质量。(见图3-9)

从这封信的内容,一方面可以看到老一辈教育学人对待学术研讨的重视和严谨的治学态度。王道俊时任全国教育基本理论专业委员会主任委员,为确定一次讨论会的主题,他广泛征求了华东师范大学叶澜和北京师范大学成有信、张同善、王策三、孙喜亭等多位教授的意见。另一方面,也能看到学界对王汉澜在教育学方法论方面深厚造诣的充分认同。

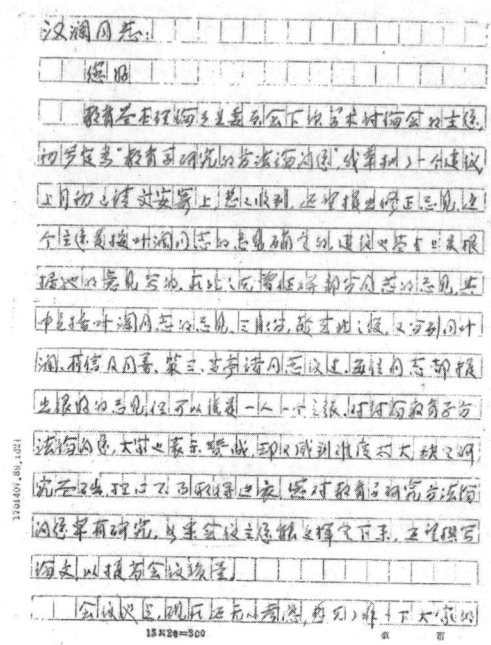

图 3-9 王道俊给王汉澜的亲笔信(节选)

黄济生前是北京师范大学教育学部教授,著名教育学家,新中国教育理论的重要开拓者,新中国教育哲学奠基人,他以素朴、真诚、谦逊,被学界广称为仁者之师,培养了宋德民、石中英等一大批优秀学子。黄济是王汉澜的挚友,图 3-10 是他于 1996 年 2 月 24 日给王汉澜的亲笔信,信中邀请王汉澜为他主编的《中国传统教育哲学思想概论》写鉴定意见。

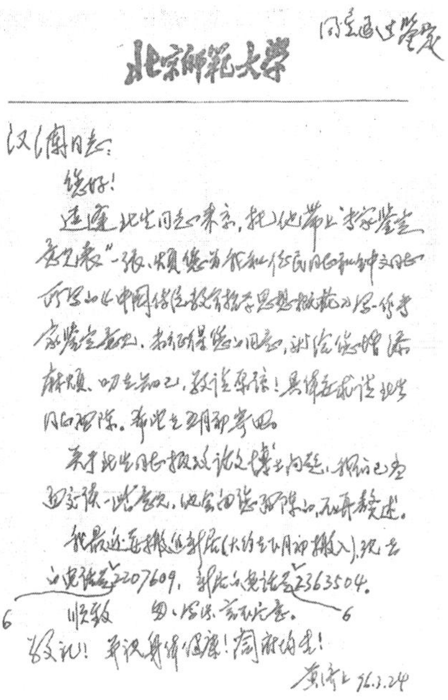

北京师范大学

汉澜同志：

您好！

图 3-10 黄济给王汉澜的亲笔信

顾明远是著名教育学家，曾任北京师范大学副校长、中国教育学会会长，现任中国教育学会荣誉会长、国家教育咨询委员会委员、国家教师教育咨询专家委员会主任委员、全国师德师风建设专家委员会总顾问，曾获全国优秀教师、吴玉章人文社会科学终身成就奖、北京师范大学“四有好教师”终身成就奖等荣誉称号。1991 年 6 月 20 日顾明远给王汉澜的信中，用“可敬可佩”赞赏王汉澜对于教育理论的贡献。（见图 3-11）

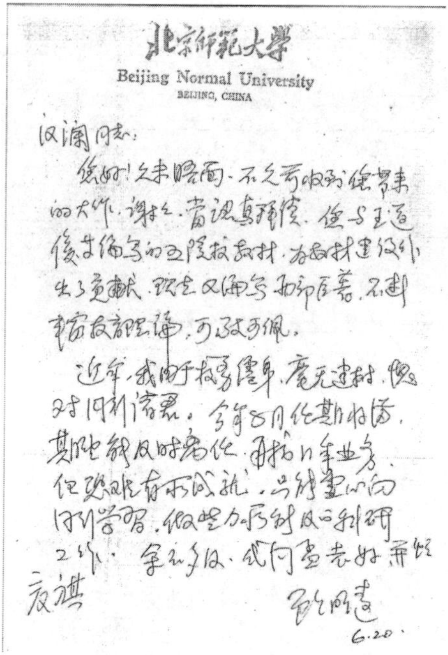

北京师範大學
Beijing Normal University
BEIJING, CHINA

汉澜同志：

您好！久未晤面，不久前收到您寄来的大作，谢谢，当认真拜读。您与王道俊先生编写的五院校教材，为教材建设作出了贡献。现在又编写和出版专著，不断丰富教育理论，可敬可佩。

近年，我由于校务缠身，毫无建树，愧对同行诸君。今年8月任期届满，其他行政职务也将卸任，再搞些业务，但愿能有所成就，只能重新向同行学习，做些力所能及的科研工作。余不多叙，我向您老好，并颂

夏祺

顾明远

6.20.

图 3-11　顾明远给王汉澜的亲笔信

华东师范大学终身教授叶澜是中国著名教育学家，曾任华东师范大学副校长、中国教育学会副会长、国务院学位委员会教育学学科评议组召集人、全国教育基本理论专业委员会主任委员，曾获国家突出贡献中青年专家、全国模范教师等荣誉。1996 年 10 月 3 日，叶澜在给王汉澜的信中，为王汉澜勤奋执着、持之以恒的学术追求而感慨。（见图 3-12）

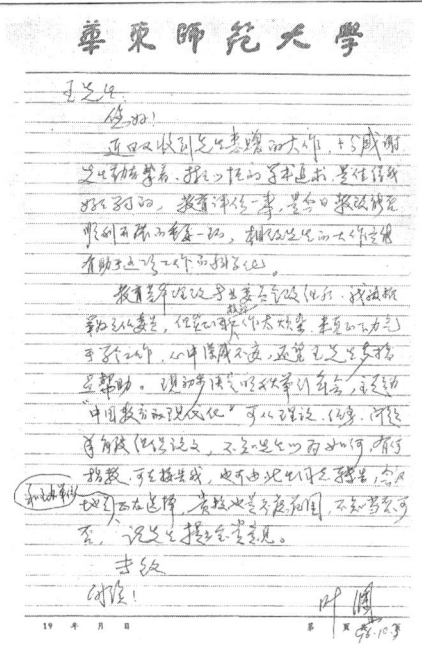

图 3-12 叶澜给王汉澜的亲笔信

由于学位点的限制,王汉澜一生没能直接指导博士生。但是,基于王汉澜在学界的威望,他的硕士生在后续到兄弟院校攻读博士学位时,常常能被信任并得到一些偏爱。

1993 年,杭州大学张定璋教授在给王汉澜的信中,称赞王汉澜的学术功底和人才培养贡献说:

去年 6 月间,应葆奎同志之邀,曾去华东师大参加博士论文答辩,贵弟子杨银付同志与我多有接触,他谦虚好学,对教育测量学和教育实验学甚有功底,严师出高徒,良有以也。《教育研究》92 年第 10 期上，他与博导合著的论文可谓“准实验”规范的力作，在此道上前进，前景光彩，前程远大，追溯其源，前师之功可鉴。（见图 3-13）

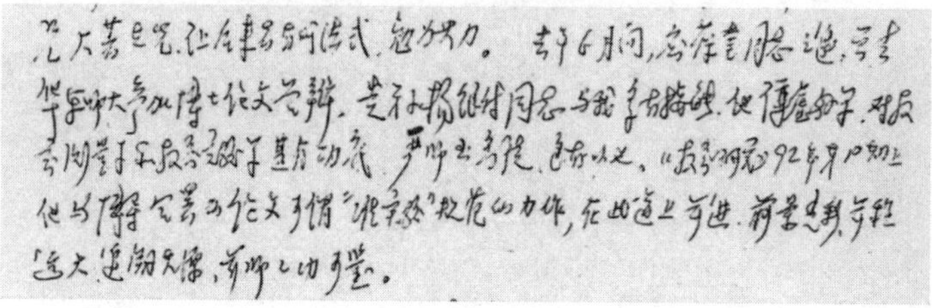
……他与博导合著的论文可谓“准实验”规范的力作，在此道上前进，前景光彩，前程远大，追溯其源，前师之功可鉴。

图 3-13　张定璋给王汉澜的亲笔信

陈家顺也回忆说：2002 年，先生病重，在郑州住院期间，我去探视，先生饱含深情，希望我能继续攻读博士。2003 年，为实现先生心愿，我贸然报考北京师范大学王炳照先生的博士。复试时王炳照先生说：“王汉澜先生培养的弟子我非常满意，但由于招生指标有限，得把这次读博士的机会让给别人。”随机，他联系了浙江大学教育学院田正平院长，田先生又将我介绍给了海归博导肖朗老师，我飞奔杭州和肖老师见面时，肖老师谦虚地说：“我就是读王汉澜先生的著作才考上研究生的，希望我们能成为师友。”

同样，栗玉香也说：记得在北师大博士入学复试时，一位老师问我研究生导师是谁，我说是王汉澜先生，他说，王先生的弟子一定错不了。那时候，我深深感觉到，能够成为先生的弟子就是一块金字招牌，非常值得骄傲！

悠悠岁月，留下了弟子们多少不尽的情思，这些情思流淌出的是师者的幸福、师者的价值、师者的伟大!

　　河南大学老校区的大礼堂和图书馆是学校的标志性建筑,王汉澜多次和学生在这里留影,希望学生能够记住在河南大学的学习生活,能够把"明德新民,止于至善"的河南大学校训发扬光大。图3-14、图3-15、图3-16是王汉澜等导师们与研究生的合影,透过这几张照片,让我们一同感悟那个时代学校、学者、学生的风采。

图3-14　王汉澜等导师们与1986级研究生合影

　　(注:照片前排是当年河南大学教育学的三位核心骨干,左起依次为德育论专家张耀先、教育基本理论专家王汉澜、课程教学论专家赵天岗)

图 3-15　王汉澜等答辩委员会导师与 1991 级研究生合影

（注：照片前排是 1991 级教育学原理专业研究生答辩委员会导师，左起依次为程凯、戴国明、王汉澜、郭文安、苗春德、王北生，其中华中师范大学郭文安为答辩主席）

图 3-16　王汉澜等答辩委员会导师与 1992 级研究生合影

（注：照片前排是 1992 级教育学原理专业研究生答辩委员会导师，左起第二依次为王北生、戴国明、王汉澜、黄济、苗春德、程凯，其中北京师范大学黄济为答辩主席）

第四篇　为政：尽心竭力　开拓进取

王汉澜1953年加入中国民主同盟，1985年加入中国共产党，曾任河南大学教育系主任、河南省教育学研究会理事长、开封市第七届和第八届民盟主委、河南省第八届人大代表、开封市第九届人大常委会副主任、开封市政协第七届常委会副主席。为政篇展现的是王汉澜的领导和管理工作，不仅包括他在政府的兼职，也包括他为学校、系科、学会、民主党派做出的贡献。王汉澜扎根学科，继往开来；创建学会，领军河南；担纲民盟，参政议政；人大政协，府门建功。

一、扎根学科　继往开来

王汉澜是河南大学教育学科的优秀毕业生，又是这个学科的知名教授，他的学术生涯与河南大学教育学科的发展息息相关。尤其是改革开放以后，王汉澜为教育学科的恢复重建做出了突出贡献。

（一）学校流亡办学中，就读河南大学教育系

河南大学的前身是成立于1912年的河南留学欧美预备学校，1923年更名为中州大学，开办文、理两科，文科方面，设哲

学、国文两个系,后增设教育系和历史学系。1924年,中州大学教育系开始招生,先后经历了中州大学教育系时期(1924-1927)、中山大学教育系时期(1927-1930)、河南大学教育系时期(1930-1942)、国立河南大学教育系时期(1942-1949),其间隶属关系有一些微调,也出现了两次间断招生。在新中国成立之前,教育系与国文学系、英文学系、史学系、社会学系同属于河南大学文学院。王汉澜于1942年至1947年就读于国立河南大学教育系。

1937年抗日战争全面爆发后,开封处于抗日前线,为保证学校和师生的安全,1938年1月至1939年5月,河南大学教育系随学校四次迁移,先后迁至信阳鸡公山、南阳镇平、洛阳嵩县潭头、南阳淅川荆紫关,开启了河南大学历史上艰难、曲折而又特殊的一个篇章。

1942年,在潭头流亡的河南大学从省立大学升格为国立大学,王汉澜于当年考入国立河南大学教育系。此时,尽管战火硝烟,学校流亡在野,但教育系仍聚集着余家菊、刘海蓬、杨震华、陈仲凡、陈梓北、李秉德、胡守芬等教授。这支实力雄厚的师资队伍一度为国内同行所称慕,教授们因地制宜,艰苦奋斗,创造出了一流的教学水平。王汉澜也受益于这些名师的指教,在陈梓北先生的指导和推荐下,毕业前已公开发表了他的研究成果《在四分点计算中的发现(未归类部分)》。

(二) 教育系调整转型期,坚守于教育教研室

新中国成立后,新的河南大学成立了文教学院、理工学院、农学院、医学院、行政学院,教育系归属文教学院。1952 年至 1954 年,在国家大规模的院系调整过程中,河南大学更名为河南师范学院,农学院、医学院、行政学院独立后迁出开封,理工学院与新乡的平原师范学院合并后改为河南师范学院(新乡校区),河南师范学院(开封校区)仅留下了文教学院,下设 7 个独立院系,教育系是其中之一。1954 年,随着全国院系调整范围的进一步扩大,教育系停止独立招生,改为教育教研室,负责全校的公修教育学、心理学教学任务。1956 年,河南师范学院(开封校区)更名为开封师范学院,教育教研室继续保留。王汉澜于 1950 年 9 月从河南省教育厅回到河南大学教育系工作,成为教育教研室的一名专任教师。

(三) 教育系恢复重建后,领衔布局学科发展

党的十一届三中全会以后,中国走进改革开放和加快建设现代化的新时期,教育事业也迎来了又一次新生。1979 年 8 月 26 日,中共河南省委、省人民政府决定将开封师范学院改名为河南师范大学。百废待兴之际,教育学专业提出了恢复教育系建制的申请,并于 1980 年 4 月 21 日得到教育厅的同意批复。1980 年 9 月,教育系在停办了 26 年后,迎来了恢复建系后的第一届新生。

在复系的过程中,原教育教研室的教师和管理干部到处奔走呼吁,反复向相关领导阐述恢复教育系的意义,并从多方位积极做好复系准备。王汉澜作为核心骨干,更是为复系做出了巨大贡献。尤其是 1984 年,学校恢复河南大学校名后,作为教育系系主任的王汉澜,为教师队伍建设、学术与学科发展、研究生教育等付出了大量心血,为河南大学教育学科在新时期的辉煌发展奠定了坚实基础。

汪基德回忆说:由于教育学专业长期停办,全国绝大多数恢复招生的教育学专业缺乏师资。在王先生的倡议下,重新恢复的教育系从学校其他院系不同专业毕业的学生中选拔师资。这一创举,不仅解决了师资短缺的问题,更为教育学科的交叉发展打下了基础。这个时期从学校其他专业引进的优秀毕业生包括后来在我们学院发展中做出重要贡献的扈涛教授(河南大学数学专业 77 级毕业生,曾任河南大学教育系主任、教育科学学院院长)、李申申教授(河南大学历史专业 77 级毕业生,二级教授,河南省师德标兵、"感动河大"人物、2017"感动中原"年度教育人物、改革开放 40 周年影响河南十大教育人物)、程凯教授(河南大学历史专业 78 级毕业生,曾任河南大学教育系副主任、河南大学科研处副处长、河南大学工会副主席)、王北生教授(河南大学政教系 78 级毕业生,曾任河南大学教务处处长、郑州师范学院副校长,河南大学教育学博士点的创立者与牵头导师)等,我也是其中的一员。

程凯回忆说:学科恢复重建之初,教师队伍青黄不接,为了促进青年教师的业务成长,王汉澜先生派我和王北生去北京进修"教育社会学"和"教育哲学",同时,不仅把自己担任的"教育统计学"课程交给扈涛,甚至连讲义都拿出来给了他。另外,王先生根据国际发展的前沿动态,首先在省内提出教育学理论体系应以教育学、心理学为基础学科,大力开展教育交叉、边缘学科研究,"教育社会学""教育经济学""教育哲学""比较教育学""教育人类学"等,都是在他的倡导和积极推动下开设起来的。

扈涛[①]回忆说:河南大学教育学科历史悠久,学术积淀深厚,曾有李廉方、邰爽秋、王拱璧、毛礼锐、罗廷光、胡守棻、余家菊、杨振华、李秉德等一大批知名学者在此任教或学习。王汉澜先生不仅毕业于这里,而且工作在这里,80年代教育系恢复重建后,他自觉地把带领学科发展的重任担在了肩上。当时,国内的教育学科都是刚刚起步,各个院校的教育系也大都是初具规模,缺乏相关教材。王先生带领的河南大学教育学团队,不等不靠,积极探索新教材建设,在全国产生巨大影响的五院校《教育学》及王先生主编的教育科学研究法系列教材,都是在这个背景下编著的。尤其是1978年,在河南大学(当时校名为河南师范大学)承办的五院校教材讨论会上,88所师范院校的与会代表联名提出了创建全国教育学研究会的倡议,在王先生的带领下,河

---

① 扈涛,王汉澜生前同事,河南大学教授,曾任河南大学教育科学学院院长,河南大学研究生工作部书记,2007年退休。

南大学教育学科成为全国教育学研究会的重要方阵。1980年复系后,王先生主动承担起繁重的教学任务,悉心策划,使教育学得以成为河南省重点学科,获得了硕士学位授予权,并在全国率先创立了教育科学研究法教研室。

二、创建学会　领军河南

王汉澜凭着对学术的执着和热情,除了自己潜心于学术研究外,也为学术团体的建设付出了大量心血。

(一) 历尽艰辛　率先建会

1979年全国教育学研究会成立后,为了推动河南省的教育科学研究,王汉澜于1980年领军创建了河南省教育学研究会(见图4-1)。这在省级层面的同类学会中是建会较早的。2020年,在河南省教育学研究会(2010年更名为河南省教育学会教育学专业委员会)庆祝建会四十周年之际,《中国教育科学》杂志刊发《走进不惑之年:一个省级教育学专业委员会的发展回顾与展望》[①]一文,向全国介绍了河南省教育学研究会的发展历程、功能定位及办会经验。

由于建会较早,具有开拓性,在建会之初遭遇了较多的发展困难。为了尽快形成研究会的学术文化,探索研究会的运作模

---

① 王北生、李桂荣:《走进不惑之年:一个省级教育学专业委员会的发展回顾与展望》,《中国教育科学》2020年第2期。

图4-1 河南省教育学研究会成立大会合影

式,王汉澜带领理事们每年都要召开3至5次理事会。在研究会理事会的记录本上,至今我们仍可以读到:"本次理事会介绍大会筹备情况,上次6月份理事会确定年会在开封举行,当时商讨经济问题,吕校长说直接找李校长,李校长回答无此经费。吕校长后找科研处、后勤处交涉,又联系住房后发通知。通知发下后,科研处说无钱,我们又自己找科研处,才勉强答应拨给二百元。后勤处说用小礼堂每天要交15元租金,我们考虑到此钱无处出,因此会议改用教室。"(摘自理事会记录本,1982年)从这些记录,我们可以真切地感受到研究会建会之初的艰辛,感受到河南省教育学人对于学术交流的执着和为河南教育事业积极奉献的热诚。

(二) 学术为本 服务立会

河南省教育学研究会在 1980 年 10 月 23 日至 26 日的成立大会上,不仅选举产生了以王汉澜为理事长的第一届理事会,也讨论通过了研究会章程,其中明确规定:"研究会的宗旨是在马列主义、毛泽东思想指导下,研究教育学的理论问题和实际问题,活跃学术空气,促进我国教育科学的繁荣,提高教育学的教育质量,为加速实现四个现代化服务。"从这个章程可以看出,河南省教育学研究会以学术研究为本,通过对教育学问题的研究,服务教育实践,服务国家建设。

在研究会的后续发展中,王汉澜主张实施东西南北中全方位办会战略,逐步实现了对全省教育学团队的全面覆盖,使之成为全省教育学人的学术家园,显著发挥了凝聚学术力量、鞭策学术研究、搭建学术平台、引领学术方向、关注学术前沿、服务区域发展等职能,被河南省教育学会誉为最具学术气质的专委会,受到了广泛赞誉。

王北生回忆说:王汉澜先生是我最敬佩和尊敬的老师、学者,是我走上教育学教学与研究之路的引路人。我从 1982 年留校任教就与先生结缘,以后的二十年间,一直跟随先生做人做事做学问,受到先生的指导、帮助和教诲最多,受益最大。河南省教育学研究会(现在的全称是河南省教育学会教育学专业委员会)是王先生倾注巨大心血打造的属于我们全省教育学人的学术天地。王先生担任理事长二十余年,在他的带领下,经过六届理事会的精诚团结、通力合作,研究会从小到大,不断创新发展,形成了一套独特的办会模式。每次年会之前,王先生都是先组织召开理事长扩大会或理事会,集思广益,确定会议主题。理事会十分民主,气氛非常和谐,各位理事畅所欲言,遇到难题时,王先生总是吸着香烟,若有所思,好像在烟雾中寻找答案。

在王先生的精心设计和严格要求下,教育学研究会始终坚持学术为本,服务立会。每次年会都要举行一个高水平高质量高档次的开幕式。由于先生在开封市人大、政协有任职,行政级别较高,所以开幕式一般都有当地人大、政协的领导参加,也有当地教育局和举办高校的领导参加。开幕式首先由先生致开幕词,他的开幕词都是他亲自手写在笔记本上,有时改得很多,成了花脸稿。入会报到当天晚上是理事会例会,先生总是在理事会后,根据理事们的发言,再把开幕词做些修改,经常要改到很晚,早上去他房间时,总是能看到烟灰缸里满满的烟头。先生对待学术就是这样严肃认真,一丝不苟,他的开幕词思想深刻、观点新颖、内容丰富、逻辑严密,对教育理论的思考和对教育实践的反思给整个会议的学术气氛开了头,定了调。

在王先生看来,学术年会是带动教育学同人专业成长和推动全省教育理论研究的重要方式和契机,所以,在开幕式后总是会安排一个传达全国会议精神的环节。每次年会都要传达全国教育基本理论专委会、德育论专委会、教学论专委会、教育管理专委会、教育政策专委会等当年召开的有关学术会议精神。在当时,省内学者外出开会学习的机会十分有限,这个环节让与会代表不出省就能了解到全国的学术研究动态。另外,年会安排的主题报告、专题报告、分组讨论、自由发言、优秀论文评选、参观考察等内容,也都突显了"学术为本,服务立会"的办会理念。尤其是在自由发言环节,大家总是争先恐后,有观点的交流,有思想的碰撞,甚至出现"争吵",真正做到了学术争鸣、百花齐放。

(三)鞠躬尽瘁 死而后已

王汉澜为研究会的发展可谓殚精竭虑,他不仅到处"化缘",尽量保证每年召开一次学术年会,而且在每届年会的开幕式上,他都会做一个内容丰富、观点新颖、逻辑严密的开幕词。这个开幕词后来被传承为理事长报告,一般是对国家最新的大政方针,尤其是教育改革发展中的新政策、新形势、新问题进行梳理概括,启发与会代表的学术敏锐性和前沿意识,希望大家能够将自己的研究与国家发展的时代需要相契合。与会代表普遍感到"方向明,决心大,精神振奋,劲头十足,任重道远,前途似锦,都愿为开创教育学研究的新局面贡献力量"(摘自第二届年会《简报》,1982年)。一位老会员在发言时曾感慨地说:"每次年会我都积极参加,我的收获都很大,在教学上我思想明确,有许多新东西可讲。"(摘自第六届年会会员代表发言,1987年)

刘济良[①]回忆说:我从1991年的安阳会议开始担任学会秘书,然后到副秘书长、秘书长、副理事长。在多年的河南省教育学研究会工作中,对王先生体会最深的有三点:一是先生的认真负责,一丝不苟。每年的研究会开幕词都是先生来做,他从来都是认真地准备,并亲自写到稿纸上。二是先生尊重学术、百家争鸣的思想。作为研究会的理事长,先生说:"我们一定要坚持尊重学术、尊重科学,一定要百花齐放、百家争鸣。只有这样,学会才能充满朝气,学术才能不断繁荣发展。"三是克服困难,坚持每年召开年会。研究会自从成立以来,坚持每年召开一次学术会议,从未间断,这和先生的影响力与办会宗旨分不开。河南省教育学会的秘书长张治国说:"河南省教育学研究会是唯一一个每年都能够坚持召开会议的专业学会。"

可以毫不夸张地说,在王汉澜的学术引领和人格魅力感召下,河南省教育学研究会内生出了极强的组织合力,是真正意义上的学术共同体,省内的教育学人对学会都有一种浓浓的家园意识。

2000年,王汉澜正式退休,河南省教育学研究会是王先生退休后唯一没有离开的岗位,也是他鞠躬尽瘁、死而后已的阵地。自1980年至2002年,王汉澜历任研究会六届理事长,举办了17届学术年会和近50次理事会。2002年,王汉澜去世后,河

---

① 刘济良,王汉澜的硕士生,后在华东师范大学取得博士学位;现任郑州师范学院副校长,民盟河南省委副主委,河南省人大常委。

南省教育学研究会第 18 届学术年会在河南师范大学召开。开幕式上,全体与会代表以默哀的形式向王汉澜致以最崇高的敬意。王北生代表全体会员致辞说:"二十年来,研究会之所以充满了学术活力,欣欣向荣,生机勃勃,是因为有王先生的带领和发挥作用。王先生的一生,以献身教育为怀不惜殚劳一世,得尽瘁鞠躬而死永留功绩千秋。我们应该牢记嘱托,继续发扬先生倡导的优良学风与会风,把我们的研究会办好,办出成效。"

三、担纲民盟　参政议政

中国民主同盟(简称民盟)是一个主要由从事文化教育以及科学技术工作的高、中级知识分子组成的,具有政治联盟特点的参政党。民盟自 1941 年成立以来,凝聚了众多的知识分子和社会精英,可谓群贤毕集。王汉澜 1953 年加入民盟,并担任了民盟开封市委第七届和第八届的主委。

(一) 十年主委　凝心聚力

1988 年至 1997 年间,王汉澜担任民盟开封市委第七届(1988 年 7 月至 1992 年 5 月)和第八届(1992 年 5 月至 1997 年 4 月)主委,十年间,他在加强民盟政治建设和组织发展方面做出了突出贡献。

作为民盟主委,王汉澜有极强的党性原则,他清楚地认识到,要建设好符合时代发展要求的民主党派组织,必须要有坚定、正确的政治立场,他要求开封市各基层广大盟员始终做到与中国共产党思想上同心同德、目标上同心同向、行动上同心同行。

1989年12月,中共中央发布了《中共中央关于坚持和完善中国共产党领导的多党合作和政治协商制度的意见》,系统总结了中国多党合作的经验,开宗明义地指出"中国共产党领导的多党合作和政治协商制度是我国一项基本政治制度"。这是一个具有里程碑意义的文件,王汉澜以他敏锐的政治洞察力和坚定的思想政治自觉,迅速组织盟员深入学习文件精神。他说:

> 新春伊始,中共中央就公布了《中共中央关于坚持和完善中国共产党领导的多党合作和政治协商制度的意见》,这是我国政治生活中的一件大事。这一文件的公布,既总结、坚持了在几十年革命斗争实践中形成的共产党领导的多党合作和政治协商制度,又对进一步完善这一制度提出了纲领性的意见,它标志着我国共产党领导的多党合作和政治协商已走上规范化、制度化的道路,这对于充分发挥民主党派的作用,推动我国社会主义民主建设,巩固与发展安定团结的大好局势,促进全国各族人民的大团结,实现党和国家的总任务,都将发挥深远的、积极的作用。……这个文件明确规定:"中国共产党是社会主义事业的领导核心,是执政党。各民主党派是各自所联系的一部分社会主义劳动者和一部分拥护社会主义的爱国者的政治联盟,是接受中国共产党领导的,同中共通力合作、共同致力于社会主义事业的亲密友党,是参政党。我国的多党合作必须坚

持中国共产党的领导,必须坚持四项基本原则,这是中国共产党同各民主党派合作的政治基础。"这一规定是我国革命经验的总结,体现了我国政治制度的特点和优点,它根本不同于西方资本主义国家的多党制或两党制,也有别于一些社会主义国家实行的一党制。革命的历史证明,没有中国共产党的领导,就没有新中国;没有中国共产党的领导,就谈不上建设社会主义和发展社会主义;没有中国共产党的领导,我国必然出现新的动乱,民族四分五裂,老百姓重新遭殃。共产党的领导是社会主义事业胜利的根本保证,是多党合作的前提与政治基础。我们民盟有同中国共产党合作的历史,有坚定不移地接受共产党领导的优良传统。今后,在前进的道路上,不管遇到什么风波,我们都要一如既往地坚信共产党的领导,坚持社会主义的政治方向,旗帜鲜明地反对妄图在中国实行西方多党制的一切言行。①

"坚定不移地接受中国共产党的领导,坚定不移地走社会主义道路"是王汉澜一贯的政治主张,也是他的基本执政理念。在他作为主委的十年里,不管是民盟代表大会,还是盟内组织的学习活动,他多次强调这一立场信念。

1991年3月,在庆祝民盟成立五十周年会议上,王汉澜指出:

> 我们要牢记中国民盟五十年来的基本经验,坚决接受

---

① 王汉澜:《王汉澜文集》,河南大学出版社,2007,第478–479页。

中国共产党的领导。民盟和中国共产党有着长期合作、并肩战斗、肝胆相照、荣辱与共的光荣历史。民盟是在中国共产党抗日民族统一战线政策的影响和推动下诞生的,接受中国共产党的领导,和中国共产党亲密合作,沿着中国共产党指引的社会主义政治方向前进,是我们民盟五十年来的基本历史经验,这是任何时候都不能动摇的。革命的实践说明,中国的知识分子及其政党,只有接受中国共产党的领导,走社会主义道路,才能充分发挥其智力优势,在国家政治生活和社会主义现代化建设中做出积极贡献。……我们要为坚持和完善中国共产党领导的多党合作和政治协商制度做出应有的努力。中国共产党领导的多党合作制度是在中国革命和建设实践中形成的具有中国特色的社会主义政党制度。它确定了中国共产党是执政党,是社会主义事业的领导核心;民主党派是参政党,是和中国共产党通力合作、共同致力于社会主义事业的亲密友党。这是中国革命的宝贵经验总结,也是民盟的正确选择。我们要通过各项社会实践,勇于对各项工作提出意见、批评和建议,做党的诤友。要不断完善和丰富中国共产党领导的多党合作制度,为推进政治体制改革而努力。……我们要加强盟的自身建设,使盟更好地承担起参政党的任务。为此,我们要加强盟的思想政治工作,在盟内广泛开展爱国主义、集体主义和社会主义教育,坚持四项基本原则的教育和盟与中共亲密合作的传统教育。①

1992年5月,在中国民主同盟开封市第八次代表大会上,王汉澜又强调:

> 我们必须牢记我们民盟几十年来的根本经验,坚定不移地接受中国共产党的领导,坚定不移地走社会主义道路。……为此,我们要十分重视加强自身建设,特别是思想建设。当前,主要是学习邓小平同志关于改革开放的重要指示,学习江泽民同志《在中国共产党成立七十周年大会上的讲话》和《中共中央关于坚持和完善中国共产党领导的多党合作和政治协商制度的意见》。要通过不断深入地学习这些文件,把思想和行动统一到文件的精神上来。主要是提高对坚持"一个中心、两个基本点"的认识,对坚持和完善中国共产党领导的多党合作和政治协商制度的认识,对我们全心全意地为我国社会主义现代化建设建功立业的重要性的认识,对抵制敌对势力的"和平演变"的迫切性、长期性、艰巨性的认识。从思想上分清马克思主义与反马克思主义的界限,社会主义与资本主义的界限,科学社会主义与民主社会主义的界限。贯彻执行邓小平同志关于加快改革开放的重要指示,始终沿着建设有中国特色的社会

---

① 中国民主同盟开封市委员会:《庆祝中国民主同盟成立五十周年(专号)》,《开封盟务简讯》1991年第一期。

主义道路前进。①

除了加强思想建设,王汉澜也非常重视组织发展,在他的积极带动下,开封市民盟增强了组织向心力,组织队伍也有了较快发展。盟委会每年年初召开迎新大会,总结过去,展望未来,鼓舞广大盟员团结一致,同舟共济,开创民盟工作的新局面。

民盟河南大学委员会的易启祥、李贤臣②回忆说:王先生根据上级有关文件和指示精神,通过各种途径发展新盟员,为民盟补充了新鲜的血液。在发展新盟员的过程中,还积极与基层支部进行充分的沟通和协商,选拔、吸纳了大量优秀的中青年骨干,增强了盟委会的活力和战斗力。王先生以广泛活动为纽带,增强民盟组织的向心力。鼓励各基层民盟支部经常开展组织生活会和爱国知盟爱盟的特色活动。在各种组织活动中,大家充分发扬民主,畅所欲言。盟员们相互尊重,肝胆相照,不仅表现出了高尚的道德情操,也充分彰显了开封市民盟的向心力及亲和力。

赵国权③在庆祝民盟80周年征文《斯人已去　丰碑永

---

① 王汉澜:1991年3月19日《在庆祝民盟成立五十周年会议上的讲话》的讲话稿。

② 易启祥,河南大学教授,曾任民盟开封市委副主委,民盟河南大学委员会副主委,开封市人大常委,1996年退休;李贤臣,曾任河南大学学报副主编,政协河南省第七、第八届委员,政协开封市副主席,民盟河南省委常委,民盟开封市委主委,现任河南省人民政府参事。

③ 赵国权,教育系1980级本科生,后在华中师范大学取得博士学位;现任河南大学教授,开封市政协常委,民盟河南省委高教专委会副主任,民盟河南大学教育支部主委。

恒——忆民盟开封市委原主委王汉澜先生》中说:论及河南盟史,不能不说开封,因为河南民盟诞生于开封。论及开封盟史,不能不说河南大学,因为河南民盟支部在河南大学诞生。无论谈及河南盟史,还是开封盟史,还是河南大学盟史,都不能不提及王汉澜先生,这不仅因为先生曾是民盟河南大学委员会主委、民盟开封市委主委,还因为先生无论是做人还是治学,都可以说是大师级的学者。在先生 70 寿诞之时,曾为其写过一副寿联,上联称"为经师为人师呕心沥血赢得桃李满天下",下联道"严治学勤治术废寝忘食换来著作与身齐"。这可说是先生一生的真实写照。

(二) 坚定不移 忠于职守

基于对参政党政治地位的明确认识,王汉澜非常重视健全政党机制,提高民盟的参政议政能力。

在中国民主同盟开封市第八次代表大会(1992 年 5 月)上,王汉澜曾指出:

> 民盟作为中国共产党领导下的参政党,其主要任务之一就是参政议政。参政议政需要有较高的政治素质。所谓政治素质,主要表现在爱国主义、社会主义思想的增强,在于坚持中国共产党的领导,坚定不移地走社会主义道路。我们之所以强调加强盟的自身建设,正是为了提高参政议政水平。提高参政议政水平,主要表现在能以马克思列宁主义观点来观察问题、解决问题,提出的建议具有科学性、

合理性、可行性。为提高我们的政治素质和参政议政水平,广大盟员要不断深入地学习,在认真做好岗位工作的同时,积极参加岗位工作之外的为四个现代化建设和改革开放服务,为广大群众直接服务的多种社会实践,在改造客观世界的同时,使自己的主观世界得到改造。①

王汉澜任主委期间,开封市的盟员近500人,分布在开封市教育、文化、卫生、科技等部门。其中,有51人为省、市、区人大代表和政协委员,有4人分别担任了省、市、区人大、政协的领导工作,还有6位盟员在市人大、市政协和市政府有关部门担任特约监督员。

开封市盟委会在王汉澜的指导与带领之下,精心组织和策划,搞好民盟组织和盟员每年的社会实践和考察活动,要求每位盟员细心观察身边的人和事,并及时记录下自己的想法,留心国家的相关政策,从而更有针对性地提出自己的建议。同时,根据中央的指示精神定期组织盟员开展思想学习,使他们能在不同层面上更好地开展参政议政工作,积极为开封市的教育发展及经济社会发展建言献策。

刘清华②回忆说:王先生从1988年至1997年担任民盟开封市委主委,在这十年间,他不仅在开封市民盟政治建设和组织发

---

① 王汉澜:1992年5月23日《中国民主同盟开封市第八次代表大会闭幕词》的讲话稿。

② 刘清华,王汉澜的硕士生,后在西南大学取得博士学位;现任河南大学教育学部学科与科研办公室主任,开封市政协委员,民盟河南大学委员会副主委;参与了本书的编写工作。

展等方面做出了突出贡献,而且对民盟河南大学委员会也进行了悉心的指导,还对青年人产生了深远的影响。就我本人来说,我之所以走进民盟,加入民盟,也是深受王先生影响的。王先生是民盟开封市委主委,河南大学是民盟在河南的发祥地,这些触发了我对民主党派,尤其是民盟的兴趣。通过了解,我知道民盟是一个主要由从事文化教育以及科学技术工作的高、中级知识分子组成的,具有政治联盟特点的参政党。民盟自1941年成立以来,就凝聚了众多的知识分子和社会精英,可谓群贤毕集。先生也教诲我要做一个关注人类命运、具有社会责任感的教师,应该非常关注社会,非常关注人类命运,非常注重培养学生的社会责任感。先生的谆谆教诲使我豁然开朗,使我坚定了服务的信念,也使我坚定了社会责任。在王先生的影响之下,我萌生了加入民盟的愿望,于2000年10月被批准加入。自2007年12月,我担任了民盟河南大学第十二届、第十三届委员会的副主委,在做好自己的教学科研工作之外,作为开封市政协委员积极参政议政、建言献策,一些提案也被评为优秀提案。从这些工作中,我进一步加深了对中国共产党领导的中国革命道路的正确理解,加深了对中国共产党领导的多党合作与政治协商制度的正确理解,加深了对各民主党派在我国历史和现实生活中的贡献与作用的正确理解。作为民盟开封市第十三届委员会高等教育专委会主任,我组织高等教育届同人,积极参与盟省委教育论坛,开展调研活动,撰写调研报告,为开封市高等教育的发展建言献策。

(三) 带动盟员　服务社会

民盟主要由从事文化教育以及科学技术工作的高、中级知识分子组成,各位盟员都具有自己的专业优势。王汉澜要求各民盟基层组织充分发挥民盟文化、教育、科技人员多和文化素质高的优势,树立民盟深入群众、联系群众、服务群众的意识,引领广大盟员投身到民盟事业发展和社会服务中,自觉把自己的发展同民盟组织、民盟事业的发展紧密结合起来。

1991年3月,王汉澜在庆祝民盟成立五十周年会议上指出:

> 我们要遵循"以经济建设为中心,坚持四项基本原则,坚持改革开放"的社会主义初级阶段基本路线,并以此作为指导我们开展工作的指针。四项基本原则是立国之本,改革开放是强国之路,民盟在一切活动中必须坚持这两个基本点。中共十三届七中全会通过的《中共中央关于制定国民经济和社会发展十年规划和"八五"计划的建议》,是实现社会主义现代化建设第二步战略目标的行动纲领。我们应以高度的历史责任感和时代的紧迫感,积极投身到建设和改革的实践中去,为实现十年规划和"八五"计划出主意、想办法、做实事、做好事。安定团结是社会主义现代化建设和改革开放顺利进行的保证,我们必须努力维护国家的政治稳定、经济稳定和社会稳定,以实际行动,促进社会

主义现代化建设。①

1992年5月,王汉澜在中国民主同盟开封市第八次代表大会上特别指出:

> 当前,在离退休盟员不断增多的情况下,盟的各级组织都要加强这方面的工作,要注意调动离退休盟员同志的积极性,要关心爱护和组织他们从事力所能及的有益活动,使离退休盟员同志老有所乐,老有所为,在建设有中国特色的社会主义宏伟事业中再立新功。对于在两个文明建设中涌现出来的先进人物,要及时总结推广他们的事迹,以形成为四化建设争做贡献的新风尚。②

1992年10月,苏、鲁、豫、皖十个城市民盟工作经验交流会在开封召开。会上,王汉澜介绍说:

> 今年5月,开封市民盟举行了第八次代表大会,选举产生了第八届委员会,全市现有盟员497人,基层组织37个……盟市委下设五个工作委员会和一个组,即教育工作委员会、科技咨询工作委员会、联络工作委员会、离退休盟员工作委员会、妇女工作委员会和一个统战理论研究小组。
>
> 民盟开封市委员会自成立以来,在中共开封市委和上级盟组织的领导下,在市政协、市委统战部的大力支持下,

---

① 中国民主同盟开封市委员会:《庆祝中国民主同盟成立五十周年(专号)》,《开封盟务简讯》1991年第一期。
② 王汉澜:1992年5月23日《中国民主同盟开封市第八次代表大会闭幕词》的讲话稿。

围绕各个时期的中心工作,开展了一些有益的活动,也取得一些经验。……我们在坚定不移地贯彻执行一个中心、两个基本点的基本路线,加快改革开放步伐,集中精力把经济建设搞上去,加强民盟自身建设,扩大社会服务等方面,作了新的思考,成立了社会服务部,初步开展了经贸等业务服务活动。①

四、人大政协　府门建功

(一) 两会履职　担当重任

中华人民共和国全国人民代表大会(简称人大)是中国最高国家权力机关,它的常设机关是全国人民代表大会常务委员会。全国人民代表大会和全国人民代表大会常务委员会行使国家立法权。中国人民政治协商会议(简称人民政协)是中国人民爱国统一战线的组织,是中国共产党领导的多党合作和政治协商的重要机构,是我国政治生活中发扬社会主义民主的重要形式,是社会主义协商民主的重要渠道和专门协商机构,是国家治理体系的重要组成部分,是具有中国特色的制度安排。

王汉澜在担任开封市民盟主委(1988-1997)的同时,还担任了河南省第八届人大代表(1993-1998)、开封市第九届人大常委会副主任(1989-1994)、开封市第七届政协副主席(1994-

---

① 王汉澜:《王汉澜文集》,河南大学出版社,2007,第484-485页。

1999)。先后在人大和政协两个部门的任职经历说明,王汉澜不仅是著名的教育学家,还是出色的政治活动家,他在政府任职期间,为河南省和开封市的发展做出了巨大贡献。

赵国权回忆说:民盟是由文教、科技界知识分子组成的第一大参政党,王先生作为民盟界别的杰出代表、教育学界著名学者,毫无疑问要被赋予更多的使命和担当,他也义无反顾地从事着各种社会工作,肩负着参政议政的时代重任。做省人大代表,他关注河南的教育事业,总是为河南教育的发展呐喊,每年一次的大会前,他都要抽出时间深入学校、教育机关进行调研,针对现实中所存在的问题,依据中央文件分析问题,提出对策,并形成一份份厚重的议案提交大会解决。在1995年2月召开的河南省八届人大三次会议上,他还以"认真贯彻《中国教育改革和发展的纲要》,规模较大地发展我省高等教育"为题做了大会发言,针对河南高等教育发展缓慢问题,提出要内涵式发展、区域均衡发展和多元化发展等建议,在人大代表中引起巨大反响。尤其是他担任开封市人大常委会副主任、市政协副主席,属于开封市四大班子成员,等于说是"要职",这虽然是兼职,但如同专职一样有分管的具体工作,不仅要参加各种会议,还要深入到所分管的部门去调研和指导工作,这让追求精益求精的王先生忙上加忙,既要做好本职工作,带好民盟这支团队,又要负起"市领导"的重任,这让他的身体透支不小。在担任人大常委会副主任、政协副主席期间,他在处理繁忙的公务之余,又积极为开封教育事业的发展献策献力,如在1997年2月召开的市政协七届四次会议上,他提出的"尽快成立教育基金会,积极筹措教育基金,确实完成'普九'及高中阶段教育的任务"的建议,引起市委市政府的高度重视。王先生的淡泊名利、忘我奉献精神深深地感染和影响了我,也是在他的推荐下,我加入了民盟,后来成了一名市政协委员和政协常委,连年为开封基础教育资源均衡、职业教育发展及高等教育改革建言献策。

(二) 发挥专长 聚焦教育

作为一名专家型领导,王汉澜在人大和政协任职期间充分发挥自己的教育理论专长,聚焦教育问题,对省、市的教育事业发展做出了积极贡献。

1993年,在开封市政协召开的纪念毛主席诞辰100周年会议上,王汉澜做了"毛主席提出的'国民教育宗旨'是建立具有中国特色社会主义教育的根本指导思想"的主题发言,他介绍了毛主席丰富的教育实践经验和教育思想,然后以毛泽东思想为立论根据,对我国社会主义教育的性质和特征进行了深入讨论。

首先,王汉澜梳理了毛主席在《新民主主义论》和《论联合政府》中关于文化教育性质特征的观点,即"中国国民文化和国民教育的宗旨,应当是新民主主义的;就是说,中国应当建立自己的民族的、科学的、人民大众的新文化和新教育"[1]。王汉澜

---

[1] 《毛泽东选集》第3卷《论联合政府》,人民出版社,1991,第1083页。

强调我们应该坚持以毛主席这一指导思想建立我国的社会主义教育。

其次,王汉澜分析了社会主义与新民主主义的相承性,明确指出毛主席关于新民主主义文化教育的论断仍应作为我国社会主义文化教育的根本指导思想,并进一步分析了社会主义文化教育建设上取得的辉煌成就,特别是邓小平同志提出的"三个面向"、培养"四有"新人,坚持教育与生产劳动相结合,尊重教师,珍视人才,重视基础教育等,都是对毛泽东教育思想的继承与发展,应该把二者统贯起来,共同成为建立具有中国特色的社会主义教育的指导思想。

最后,王汉澜从五个方面提出了以毛泽东教育思想指导建立具有中国特色社会主义教育的具体建议:

> 第一,建立具有中国特色的社会主义教育,教育工作必须由无产阶级的政党中国共产党来领导,必须以马克思列宁主义和毛泽东思想为指导。这是我们立党立国的根本,是决定着我国文化教育的根本性质和方向的问题,是不容怀疑和动摇的。缺少了它,就不成为社会主义的教育了。

> 第二,建立具有中国特色的社会主义教育,必须是民族的,具有中华民族的特色。没有中华民族文化的特色,就不能称之为具有中国特色的社会主义教育。……中华民族具有悠久的历史和优秀的文化遗产,对世界文化发生过巨大的影响。中华民族的优秀文化和光荣传统,积淀成了中华民族的心理素质,体现了中华民族的特性,支撑了中华民族

的独立与尊严,激励着中华民族的团结和上进。这种优秀的文化传统的保存、延续和发展,必须依赖于教育,在教育的思想、内容和方法中,要包含有民族优秀文化传统的内容。同时,在我国传统中也包括优秀的教育思想和教育实践经验,形成了具有中国特色的教育思想体系。如学思结合、知行统一、学以致用、启发诱导、循序渐进、因材施教、教学相长、道而弗牵、强而弗抑、开而弗达等等,我们建立具有中国特色的社会主义教育,必须重视对这些优秀文化遗产的总结、批判地继承和发扬。

第三,建立具有中国特色的社会主义教育,必须是科学的,即实事求是的、理论联系实际的,从我国社会主义教育实践中总结出我们自己的教育理论。把马克思主义普遍原理同中国革命的实践相结合,这是毛泽东思想的灵魂。在文化教育上,毛主席曾说"科学的"就是"反对一切封建思想和迷信思想,主张实事求是,主张客观真理,主张理论和实践一致的"。我们应该根据毛主席的这一指示,去建立具有中国特色的社会主义教育。四十多年来,我们从社会主义教育实践中已经总结出来许多教育理论,如"教育必须为社会主义建设服务,社会主义建设必须依靠教育","社会主义教育必须坚持社会主义方向,坚持党的教育方针"。……今后,仍应注意总结我国社会主义教育实践的经验。

第四,建立具有中国特色的社会主义教育,教育必须是为人民大众服务的教育。也就是说,中国特色的社会主义教育应该是人民"大众的,民主的"。我国是人民民主专政的国家,我们办教育的根本目的是使人民摆脱愚昧和贫困,是提高全民族的素质,这是与一切剥削阶级掌握政权的国家根本不同的。早在1934年毛泽东同志就告诉我们:"苏维埃文化教育的总方针在什么地方呢?在于以共产主义的精神来教育广大的劳苦民众,在于使文化教育为革命战争与阶级斗争服务,在于使教育与劳动相联系,在于使广大中国民众成为享受文明幸福的人。"1940年元月又说:"这种新民主主义的文化是大众的,因而即是民主的。"……目前我国有71%的县普及了小学教育,多数城市普及了初中教育,少数民族地区的教育和残疾、弱智儿童的教育都得到了前所未有的发展。我们还应坚持这一精神,使教育充分为人民服务。

第五,建立具有中国特色的社会主义教育,还必须使我们的教育充分体现现代化的精神,是现代化的教育。要按照邓小平同志提出的"教育要面向现代化、面向世界、面向未来"的指示精神,来进行一系列的教育改革,清除一些不利于社会主义建设的旧思想,树立符合社会主义现代化建设要求的教育思想,加强基础教育,调整教育结构,大力发展职业技术教育,加速发展适应新的科技要求的高等教育,加强各级各类学校教育内容中的新科学、新技术的教育。①

王汉澜的这些分析和建议,道理、学理、情理兼具,对于我们当下坚持教育的社会主义性质,全面贯彻党的教育方针仍有启发和借鉴意义。

(三) 建言献策　积极作为

王汉澜作为开封市委领导,他不仅从宏观管理层面起到组织领导作用,而且经常深入基层,一方面运用自己的学术积淀,指导教育规划、教学改革、学生评价等,另一方面,通过调研,以两会提案方式进行监督督导和参政议政。

1995年2月,在河南省八届人大三次会议上,王汉澜聚焦教育问题,做了"认真贯彻《中国教育改革和发展的纲要》,规模较大地发展我省高等教育"的发言,以事实和数据说话,科学严谨,持之有据,情真意切,转摘部分内容如下:

> 马省长(马忠臣)提出的发展我省高等教育的原则是很好的,但发展的指标,在"报告"中没有明确提出,只是在杨显明主任的"国民经济和社会发展"报告中,"计划(1995年)安排省属普通高校招生3.21万人,而1994年我省省属高校招生3.18万人"。1995年比1994年多招300人,增长率为1%。近3年,我国平均递增9.7%。这样,我省高等教育发展的速度显得太慢了,与《中国教育改革和发展纲要》

---

① 王汉澜:《王汉澜文集》,河南大学出版社,2007,第488—491页。

的精神有些不甚吻合。在《纲要》中明确提出:"90年代,高等教育要适应加快改革开放和现代化建设的需要,积极探索发展的新路子,使规模有较大发展,结构更加合理,质量和效益明显提高。"《纲要》是党中央、国务院加快教育改革发展和社会主义现代化建设的一项重要决策,为我国90年代乃至下个世纪初叶我国教育事业发展绘制了蓝图,我们应该认真贯彻《纲要》的精神,规划我省高等教育的发展。我认为,根据《纲要》的精神和我省的高等教育实际,应该规模较大地发展我省的高等教育。

高等教育在经济和社会发展中占有十分重要的地位,直接关系到高级专门人才的培养和科学技术的发展。我省由于教育落后,人才匮乏,严重地影响着我省工农业的生产和科学技术发展。我省每万人中拥有大学生人数和万名职工中拥有工程技术人员数,均居先进兄弟省、市之后。据统计,1983年,我国每万人中的大学生有12人(日本为210人,美国为507人,苏联106人,印度为58.4人),而我省每万人中的大学生只有6人,居全国第24位。参加成人高等教育的,每万人中全国平均为9.2人,河南只有5.7人,居全国第21位。近年来,我省高等教育虽有较快发展,但发展速度仍较迟缓,造成人才奇缺。而另一方面又存在着严重的人才外流和乏人培养的现象。由于我省没有重点大学,每年高招时,大批优秀的高中毕业生流向外省,毕业后很少回来。同时,由于我省高校少,招收人数有限,致使我省高考录取分数线过高,在外省、市可以录取,在我省成了落榜生。这样,在某种意义上来说,等于扼杀人才,浪费人才。解决这种现象的办法,必须规模较大地发展高等教育。

为了发展我省的高等教育,我提三点建议:

第一,要坚持走内涵发展为主的道路,充分发挥老校的作用。所谓内涵发展,就是充分发挥现有高校的作用,在现有高校内部进行发展,调整、改革现有的专业,增设新的专业和专业层次,扩大招生人数,扩展学校的规模,这样做比建立新校要省时、省人、省力,投资少,收效快。我省老校的潜力还是很大的,从教师与学生的比例(1:7左右)来看,我省现在高等学校专任教师与在校学生之比约为 1∶5.22(1983 年的统计),其中郑大为 1∶5.97,河医为 1∶5.14,河大为 1∶5.05。而国外高等学校教师与学生之比一般为 1∶14。按 1∶10 计算,还可增加 30%的学生,现在多招一些学生,收点学费,学生也是愿上的。近 30 年来,世界各发达国家的高等学校有一种巨型化发展的趋势,法国没有千名以下的高校,平均在校学生为 11500 人。我省 1983 年高校平均在校生为 1700 人(郑大 4896 人,河大 5239 人,理工农医院校平均为 1400 多人)。在发挥老校的作用上,不仅要开设新的专业,扩展老校的规模,更重要的是办好几所重点大学和一批重点学科,这是《纲要》中明确提出来的。我省应进一步做出重点学科(专业)的建设规划,抓好学科带头人的选拔与培养,充实重点学科(专业)的设备,特别要抓紧扩大硕士、博士学位点的建立。因为高等学校教师的培养，高层次专门人才的培养应基本上依靠自己，靠引进是困难的。我省是一个拥有9000万人口的大省，高等学校也有四十七八所，而仅有3个博士授予点，不及或者仅等于有的学校一个系的博士学位授予点（如北师大教育系）。难道是我们的师资水平与数量太差了吗？我认为，并不尽然，这与我省的努力争取不够也是有关的。

第二，在专业设置上要充分考虑各地区的需要和优势，大力加强地区性的专科教育。我省高等学校一是数量少，二是结构与分布不合理，师范专业的比例较大，适应经济发展的专业高校较少，而且近半数集中于省会郑州。这是以往在高校设置上，从政治方面考虑的多、从经济建设方面考虑的少的结果，这是不利于人才培养和适应经济建设需要的。随着四化建设的蓬勃发展，我省各地区的优势越来越显示出它的重要作用，为使教育、科研和生产结合起来，成为联合体，在高等学校设置或专业设置上，要注意切合各地区的需要，"大力加强和发展地区性的专科教育"。如在南阳、濮阳油田地区设立化工专科学校，在新乡、安阳设立纺织、电子专科学校，在三门峡设立冶金专科学校，在商丘、豫东设立农林牧专科学校等，使教育与生产、科研很好地结合起来。

第三，要调动社会各方面的积极性，采取多渠道、多形式地发展高等教育。发展我省的高等教育，单靠政府部门和发挥全日制正规大学的作用是远远不够的,必须调动社会各方面的积极性,鼓励和提倡厂矿企业、事业单位、社会团体和个人捐资助学、集资办学。热心教育,愿意捐资办学的人是有的,如霍英东、邵逸夫等。如果我们善于引导,像招商引资那样积极,一定会获得好的效果的。在办学形式上,既要发展全日制高等学校,又要发展各种形式的成人高等教育,使我省形成多层次、多规格的高等教育网,迅速培养出大批的各种高级专门人才。①

1997年2月,在开封市政协七届四次会议上,王汉澜又提出了"尽快成立教育基金会,积极筹措教育基金,确实完成'普九'及高中阶段教育的任务"的提案,指出:

《中国教育改革和发展纲要》中明确要求:"90年代,在保证必要的教育投入和办学条件的前提下,全国基本普及九年义务教育(包括初中阶段的职业技术教育),大城市区和沿海经济发达地区积极普及高中阶段教育。"《河南省国民经济和社会发展"九五"计划和2010年远景目标纲要》中明确提出:"2000年,全省基本普及高中阶段教育的城市达70%。"开封地处豫东平原,是一个历史文化名城,没有理由在"九五"期间不完成"普九"与普及高中阶段教育的任务。而目前开封市尚有4个县没有完成"普九"任务,市区高中阶段教育的普及更未给予应有的重视,距完成"九

---

① 王汉澜:《王汉澜文集》,河南大学出版社,2007,第496-499页。

五"时期发展教育的任务,相差甚远。这就需要积极采取措施,增加大量的教育投入。而单靠政府的财力无法支付;采取群众集资,又必然增加农民负担,为政策所不允。怎么办?我认为,应尽快成立教育基金会,通过各种渠道筹措教育基金:如可以像招商引资那样积极向海外热心教育事业的人士征集资金;向在外地工作的开封人征集资金;向城乡各界社会人士征集资金;争取联合国教科文组织的援助;向世界银行贷款;像南阳市那样开征旅馆业、广告业等五项地方性教育费附加,实行农村教育费附加"乡征、县管、乡用"的管理体制;政府财政也要拨给一些资金。通过努力,相信会收到效果的。①

总的说来,王汉澜不论是在学校学科任职,还是在党派政府兼职,都能坚守求善的本心和求真的初心,兢兢业业,坦坦荡荡,立己达人,名留史册。

王汉澜的一生,立身正,克勤俭,畅达时不狂野,受挫时不消沉,怀瑾握瑜,负重致远,筚路蓝缕,砥砺前行,不仅赢得了家庭和美、桃李满天下,也赢得了事业功成、众人敬仰。

王汉澜的灿烂人生值得缅怀,王汉澜的高贵品格值得学习,王汉澜的学术建树值得传承,王汉澜的学人精神值得发扬光大。

先生一生,堪称范例;学界为王,中原第一。

为人正派,一身正气;为学严谨,亲和严厉。

---

① 王汉澜:《王汉澜文集》,河南大学出版社,2007,第506-507页。

为师德高,身正化育;为政清廉,奉公克己。
献身教育,殚精竭虑;鞠躬尽瘁,史册铭记。
师恩难忘,永驻心底;吾辈传承,缅怀追忆。①

仅以此传纪念王汉澜先生,并弘扬河南大学的学人精神!

---

① 此诗文由王北生为缅怀王汉澜先生而作。

附　录

一、王汉澜生平大事简记

1924年10月14日(农历九月十六日),出生于河南省项城市王明口镇柳杭村一个世代书香的家庭。祖父王升庆曾任项城县高等小学校校长,父亲王泽五曾是项城县立第二小学首任校长。

1929年,师从名儒阎坤瑞,开始《百家姓》《千字文》等蒙学教材的研习。

1930年,随父亲进入县立小学读书。在父亲的严格要求与悉心培养下,养成了良好的读书习惯,奠定了坚实的国学基础。

1936年,考入周口颍滨初级中学,开始接受"新式"教育。毕业时,正值日寇侵入中原,家乡濒于沦陷。

1939年,考入因战乱而西迁淅川的河南省立商丘中学。

1942年,从省立商丘中学毕业,以优异成绩考取国立河南大学教育系。入校时正值抗日战争时期,教育系随学校几经辗转,西迁至嵩县潭头镇(今属栾川县)。

1944年,母亲去世,回家治丧。返校途中,在舞阳不幸被日军拉去当苦力,吃尽了苦头。后来虽然用巧计脱险,但此时正值日寇侵袭潭头,全校被迫转移到豫、鄂、陕三省交界的荆紫关,后又被迫迁至西安、宝鸡。因无法回到流亡中的学校,只好又折返家乡,无奈休学一年。休学期间,受聘于河南省第七行政区联立师范学校,因教学效果出众,在家乡获得了"才子""名师"的美誉。

1945年,抗日战争胜利后,河南大学结束了长达8年的流亡办学生涯,从宝鸡迁回开封。听到复课的消息后,第一时间步行几百公里返校复学。

1946年,读书期间,刻苦钻研,学以致用,研究出"关于未归类四分点的计算公式",备受老师和同学们的赞赏,后经陈梓北教授推荐,整理成文并在毕业前公开发表。

1947年,以优异成绩毕业于国立河南大学教育系。毕业后,原本期许留校任教,但事与愿违,颠沛流离至江南,看透了旧社会的种种黑暗,坚定了投身革命的决心。

1949年,回到解放区,被安排在河南省教育厅工作。在工作期间,为解决基层同志填报材料时遇到的计算困难,研究出百分比的"图算法",深受欢迎,并整理成文《百分比的图算法》公开发表。

1950年,回到国立河南大学教育系任教,致力于教学和科研工作。为了推广和普及教学方法,先后研究发表《谈话教学的两种形式及其实施方法》《怎样评定学生的学业成绩》《学校中劳动教育的方式方法及应注意的问题》等。

1953年,加入中国民主同盟,开始作为党外人士参政议事。

1954年,因国家高等教育大范围院系专业调整,河南大学教育系停止招生,改为教育教研室,负责全校师范生的公共教育学、心理学教学任务。作为一名公修课教师,仍坚持勤恳钻研,先后获得教育工作积极分子、优秀指导教师、三好教师等荣誉称号,并坚持以教研促教学,先后发表《讲授"美育"一章的意见》《五级分制评分法》《如何认识和对待教学大纲》《学生操行的考查与评定》《实习生进行学生心理鉴定工作的步骤和方法的初步研究》《在教学中如何启发学生积极的思维》《也论环境、教育和人的发展的关系》。

1965年,"文化大革命"开始,虽然受到冲击和迫害,挨过批斗,下过农场,蹲过牛棚,身心遭受摧残,但并未消沉。劳动之余,继续研读和思考与教育教学相关的理论问题,相信教育学理论终有所用。

1978年,应当时师范院校恢复教育学教学的需要,华中师范学院(今华中师范大学)、开封师范学院(今河南大学)、甘肃师范大学(今西北师范大学)、湖南师范学院(今湖南师范大学)、武汉师范学院(今湖北大学)五所院校决定协作编写公修教育学教材。同年,该教材列入教育部文科教材编选计划。这本《教育学》迄今已印行7版,总发行量700多万册,创造了新中国教育学教材史上印数最多、发行最广、质量最优、影响最大的一大奇迹,成为中国改革开放40年来经典性的公共课教育学教材。王汉澜先生参与了第一版(1980)和第二版(1982)的编写与通稿,参与了第三版(1988)、第四版(1989)、第五版(1999)的主编工作。这本教材荣获了首届国家图书奖提名奖、全国高等学校优秀教材奖、全国优秀哲学社会科学学术著作奖、吴玉章奖、文教类全国优秀畅销书奖,入选文教类全国十大畅销书。

1979年,推动河南大学教育系的恢复重建工作。1980年河南大学教育系恢复本科招生后,一方面积极投身到教学和教师队伍建设工作,另一方面开始深入研究教育基本理论和宏观教育规划问题,先后发表《中等教育结构改革势在必行》《教育对人的发展究竟起什么作用》《正确理解马克思恩格斯关于人的全面发展学说》《"三个面向"是我国教育改革的指导思想》《怎样制定教育总体规划》《河南省中等教育改革之研究》《控制论、信息论、系统论及其在教育研究上的应用》等。

1980年,率众创建河南省教育学研究会。至2002年去世,历任6届理事长,举办了17届学术年会和近50次理事会,引领研究会成为河南省教育学会的旗舰专委会。

1985年,加入中国共产党。

1985年,牵头申报教育学原理硕士点并获批,开始招收教育基本理论专业方向研究生。

1986年,担任教育系主任,并在全国率先创立教育科学研究法教研室。

1986年,编著出版《教育统计学》。该书一改传统教育统计学晦涩难懂的弊端,深入浅出,被不少高校选作教材使用。

1987年,主编出版《教育测量学》。该书获得河南省社会科学优秀成果一等奖、河南省优秀教材特等奖、中南地区大学出版优秀教材一等奖等。

1988年,担任民盟开封市委第七届(1988-1992)主委,并于1993年续任民盟开封市委第八届(1993-1997)主委,开启了十年民盟主委工作。

1988年,开始招收教育研究方法专业方向研究生。同时作为教育基本理论和教育研究方法两个专业方向的牵头导师,开始深度践行器兼备的学术主张,先后发表《教育整体改革实验应该科学化》《社会主义教育不能商品化》《教育是促使个体社会化完善化的活动过程》《试论我国社会主义教育理论的基本特征》等。

1989年,担任开封市第九届(1989-1994)人大常委会副主任。

1992年,主编出版《教育实验学》。该书获得了国家级教学成果二等奖。

1993年,担任河南省第八届(1993-1997)人大代表。

1994年,担任开封市第七届(1994-1999)政协副主席。

1995年,主编出版《教育评价学》。该书是众多高校教育学专业的选用教材,1997年获河南省社会科学优秀成果一等奖。

2000年,光荣退休。继续坚持伏案考考,先后整理发表了《王安石的教育思想》《李贽的教育思想》等,并整理完成了被列入河南大学名家文存系列的《王汉澜文集》初稿。该文集于2007年正式出版,共计63.3万字。

2001年,写下《晚年自吟》,用"难难难""干干干""贤贤贤""甜甜甜""愿愿愿""圆圆圆",吟唱了自己自强不息、从苦到甜、臻于至善的完满人生。

2002年3月30日,因肺癌晚期不幸辞世。

2015年,《河南日报》刊发《王汉澜:我国教育科学研究方法学科的奠基人》,专文介绍王汉澜的事迹。

2017年,入选"感动河大人物",得到了"搞教学,作科研,酷暑寒冬,他从未休闲;植根教育,有学有术,理器兼备;铸就师魂,桃李不言,下自成蹊"的高度评价。

2019年,《新中国教育学家肖像》列专文追忆王汉澜,将其作为新中国教育学家的典型代表,为后学深刻缅怀和学习。

二、纪念文章摘选

敬仰的丰碑　心中的歌
——回忆我们的父亲王汉澜先生

王广临、王昂临、王明临、王卫临、王裕临[①]

慈爱的父亲离开我们已十七年了,他和蔼慈祥,谦和朴诚,高行懿德。回忆往事,父亲的品格、家教和治学,历历在目,岁月抹不去无限的缅怀,他是我们永远敬仰的丰碑,是我们世代传颂的心灵之歌。

（一）历经坎坷　矢志不渝

记得有一次翻看影集,见到父亲一张集体合影照,一群年轻人意气风发,挥斥方遒,有的着长衫,有的西装革履,再看父亲一身布衣布鞋,甚是不解。父亲满怀深情地给我们讲,这是他大学时期的同学集体合影,当时奶奶因病去世,他是在守孝期穿着孝服孝鞋拍照的。从父亲湿润的眼眶中我们懵懵懂懂地认识了"孝",也可想象到他十几岁就失去母亲的痛苦和艰难。父亲话锋一转谈到他的大学经历,抗战期间河南大学被迫西迁嵩县潭头镇(今属栾川县),当听到复课的消息后,他独自一人身背干粮步行几百公里返校复学,其中的艰辛、勇气和毅力使我们感到震撼和敬佩。解放初期,父亲毅然决然地将我们的两个姑姑从农村老家接到开封,依靠

[①] 王广临、王昂临、王明临、王卫临、王裕临,王汉澜的五个儿子。

微薄的收入培养她们考上黄河水利学校和开封医专。"文革"期间父亲同样受到冲击和迫害,挨过批斗,下过农场,蹲过牛棚,身心遭受的摧残,他从未在我们面前流露过、宣泄过,也从未借此对我们发过脾气动过手。广临、昂临、明临当时响应号召先后上山下乡,父亲总是选用各种方法和渠道千叮咛万嘱咐"要遵纪守规""要学会一技之长",写好人生的"初稿"。卫临回忆起父亲给他讲退避三舍、一诺千金诚实守信的典故,裕临至今念念不忘"乘法口诀"是在农场父亲和他打通铺时教他背诵的。父亲始终以积极、乐观、豁达的人生态度潜移默化地感染影响着我们,帮助我们扣好成长的第一粒扣子。记得从1980年教育系恢复招生到申报硕士研究生教育,都使父亲更加迸发出无比热情,他甩开膀子一门心思地投入到自己所热爱的教育事业中,尽职尽责,尽心尽力,几十年笔耕不辍。在家中,我们常常看到父亲伏案工作时那专注的身影,脊背微驼,秉笔于纸,不分寒暑,伴灯伏案,通宵达旦,勤奋耕耘,著述宏富。在病重期间,他忍受着常人难以忍受的病痛,还拼命地整理自己的书稿,直到交付出版,完成了自己人生最后的心愿,对事业的热爱与执着成就了他著作与身齐的辉煌。

(二)翰墨情愫 诗书育心

我们最喜爱跟父亲写春联,那时大家围在桌边,父亲一边给我们讲春联的有关知识,什么形式对仗,内容吉祥等,一边指导我们如何把墨研好。父亲写时我们就争着在桌子前边慢慢拉纸,只见他胸有成竹,挥运自如,写出的字清润秀雅,韵味独具,呈现出浓郁的儒雅书卷之气。父亲讲到自己练毛笔字是受家庭的熏陶,上小学比赛时拿不到第一名就不吃饭,因此练就了扎实的书法功底。父亲热爱书法,他把荀况的"志安公,行安修,知通统类""隐而显,微而明,辞让而胜"和董仲舒的名言大幅书写出来,挂在室内,用来明志与自励。我们兄弟耳濡目染,也开始描红练字,慢慢地,也知道了颜、柳、欧、赵等书体,知道了王羲之、米芾等书法家。明临回忆起父亲将祖上书画装裱的独门技法手把手传授与他,并为他创办的装裱工作室亲笔题写了"翰宝斋"匾额,使优秀的非物质文化遗产得到传承与发展。父亲在培养我们书法兴趣的同时,还诚请前辈于安澜先生为我们兄弟篆刻了印章,岁月更迭,这份爱使我们更感弥足珍贵。父亲晚年手抖得厉害,但他仍然坚持写毛笔字,不少作品参加书法展览,有的作品被市档案馆、市政协等单位收藏。现如今,我们兄弟也都坚持书法和绘画,传承父亲给我们的传统文化技艺,有许多作品参加展览并获奖,这与父亲对我们的培养和教育分不开,也是父亲留给我们的精神财富。

父亲很注重读古代经典文献,他能把《古文观止》中的《阿房宫赋》《前赤壁赋》《醉翁亭记》等散文轻松准确地背诵下来。他常说《古文观止》中好词好句,数不胜数,录不胜录,经典只有背诵才能深深地融入脑子里,融会贯通,才能运用,写作时才能文思泉涌。每到寒暑假,父亲就辅导我们读一些古代文学经典。夏季闷热犹如蒸锅,蝉在树上吱吱作响,我们就在院子里支一张床,一本薄薄的《唐诗三百首》,就让满院响起了童稚的读书声。李白的"花间一壶酒,独酌无相亲""相看两不厌,只有敬亭山";杜牧的"远上寒山石径斜,白云生处有人家";陈子昂的"前不见古人,后不见来者";杜甫的"无边落木萧萧下,不尽长江滚滚来"……读着它们,模模糊糊地感觉到时间、空间都是无限广大。读了几遍谁能背诵下来,就跳起来,无比自豪,轻松了许多,就这样我们愉快地度过了酷热窒闷的夏季。

读初中时,我们渐渐懂事,父亲常用一套一套词句教育我们。什么"读书须用意,一字值千金""学者如禾如稻,不学者如蒿如草""积德百年元气厚,读书三代雅人多"等等。父亲脱口而出时,我们总觉得顺口好听,有韵味,于是就跟着记一些,在父亲的教诲下,我们兄弟读书也下起功夫。于是他又说"半部《论语》治天下,读了《增广》会说话,看了《易经》会算卦",这样我们才知道父亲平时讲得朗朗上口的词句大都出自《增广贤文》。长大后,我们兄弟也当上了老师,也都时不时地用上几句,"莫道君行早,更有早行人""一年之计在于春,一日之计在于寅""良药苦口利于病,忠言逆耳利于行"等,教育自己的学生要珍惜时光,用功读书。我们继承了父亲忠诚教育的敬业精神,也在教育这片沃土上收获了人生的幸福和自豪。

父亲热爱诗书文学,他除了撰写论文、著书立说,还常把自己参与社会活动的感慨,用诗词的形式表达出来,抒发他对生活的热爱、对社会的关注。他的诗词有60多首,分为"庆赞篇""勉进篇""怀念篇"和"记述篇",每首都字珠句玑,饱含真情。如:"我系女生二十七,朴实娴雅苦学习。女排精神长相记。真可喜,田径会上夺第一。"又如:"多风流,真风流,莫忘时代所要求,继续向前走。勤探究,深探究,学术路上永搏斗,愿您成新秀。"诗句活泼贴切自然,表达出一位老者对年轻学生的深切期望和热情的鼓励。再如:父亲的"人虽老,志愈坚,奉献精神犹如前。改文稿,作举荐,培植后生,殚精沥胆。愿,愿,愿!"充分体现了他的人生境界和人生的价值观,以及对事业的忠诚。他不忘初心,勇于坚守,"正其谊不谋其利,明其道不计其功",真可谓"师德高尚树模范"。

(三) 淳朴家风　润物无声

父亲在我们成长的过程中总是循循善诱,因趣施教,采取多种方式方法教育引导我们。记得我们哥儿仨知青回城后,父亲对我们讲要珍惜时光与时间赛跑,鼓励、督促我们通过函授、夜大、推荐上大学等多种形式,提高文化知识水平,提升学历层次。卫临对美术有着浓厚的兴趣,父亲特地请河大美术系著名教授丁折桂先生到家中,让他拜先生为师,为他事业成功打下坚实的基础。裕临打小就活泼好动,加上河大家属子弟酷爱篮球运动所形成的氛围,尽管他自身条件不具备优势,但还是乐此不疲,父亲当时可能是出于让他强身健体的目的,带着他去拜戴利修先生为师,从此奠定了他求学、就业、成家的基础。

勤俭节约是父亲最为推崇和看重的,他常常对我们讲"一粥一饭当思来处不易,半丝半缕恒念物力维艰"。目睹生活中的细微之处,勤俭持家已留下伴随一生的烙印。

父亲治家严谨,我们兄弟多,他自始至终坚持统一标准、统一规则,"一碗水端平"。裕临不止一次地感叹道:"执行规则在老爸那里不存在区别对待。"

1994年春节过后,父亲带着我们兄弟五人第一次回项城老家省亲。父亲是"弱冠离乡七十归",离村口老远,父亲就招呼司机停车,领着我们步行几百米走进阔别几十年的故乡。他拜访长辈,同乡邻话家常,祭奠祖先。家乡风光无限好,一草一木倍觉亲。父亲为支持家乡发展建设倾注了极大热情,欣然接受了修撰家谱的邀请。

父亲的业余爱好也十分广泛,他很喜爱观看乒乓球、排球、篮球比赛,也常常对比赛中技战术运用和运动员的表现进行点评。他热爱京剧这一国粹,闲暇之余总也哼哼几段,十分惬意。体育频道和戏曲频道是他休息娱乐的最好平台。父亲收集了许多线装本中医方集,中医方中的"汤头歌"更是张口即来,深谙望、闻、问、切。

生活中,父亲待学生亲如儿女,每当学生到家中,父亲都高兴得如佳友相聚,座中谈笑,嘉惠学林,满屋春风。

工作之余,家里的方方面面、点点滴滴,父亲都想得很细致周到,每次出差回来他都不忘给母亲、儿子、儿媳和孙子孙女们带些东西,父亲的爱,使我们的大家庭和谐幸福,其乐融融。父亲这辈子不追求奢华的生活,但他旷达开明不怨不悔。最后,就用父亲的《自慰》,来表达我们对父亲的无限思念吧!

执教河大五十年,舌耕笔耘未偷闲;
公门学府满桃李,学术论著四海传;
正谊明道淡泊志,修身治事谨而严;
博得众多好声誉,清苦一生自觉安!

感谢河南大学对我们的父亲品格和成就的认可与褒奖,感谢父亲的学生在教育学领域的继承与贡献,感谢各位多年来对我们家的关爱与帮助,并致以衷心的敬意!

巍巍吾师　高山仰止

——回忆我们的导师王汉澜先生[1]

郭戈、李桂荣[2]

我们的导师王汉澜先生于 2002 年辞世,至今已 17 个年头。忆起与先生在一起的日子,点点滴滴仍历历在目,先生的高尚人格经过时光淬砺变得更加清晰明亮。

(一) 先生是一个儒者:温文尔雅,知通统类

先生出生在一个书香世家,祖父曾任项城高等小学校长,父亲曾是项城县立第二小学首任校长,家教十分严格,5 岁即师从名儒阎坤瑞开始蒙学,6 岁随父进入县立小学读书,初中毕业后进入省立高中读书,16 岁考入河南大学。良好的家庭教育和成长经历不仅使他养成了温良恭俭让的儒者品质,更根生了他的大儒气魄。先生的书房里悬挂着他亲笔手书的荀子名句"志安公,行安修,知通统类;隐而显,微而明,辞让而胜",以及王夫之的致知二途"学则不恃己之聪明,而一唯先觉之是效;思则不循古人之陈迹,而任吾警悟之灵"。

深厚的儒学功底滋养出了先生的儒雅气质,先生的言谈举止和眉宇间总是透着一种睿智和灵气。先生曾跟我们说有人形容他"朴素得像个农民",但我们在他身上却从未找到

---

[1] 参见石中英、朱珊:《新中国教育学家肖像》,教育科学出版社,2019,第 217—229 页。有改动。

[2] 郭戈、李桂荣,王汉澜的硕士生。

这种感觉。在我们眼里,先生的穿着尽管质朴,但却总显得超凡脱俗、气宇轩昂,真乃"腹有诗书气自华"。

先生不仅自己向往并努力实践这些儒者精神,也希望我们能够学习并传承这些传统文化。读研期间我们学习的第一门专业课就是先生主讲的"中外教育名著研究",对于中国名著主要是精读"四书",先生以他深厚的经史功底给我们的为人为学厘定了一个文化框架。同时,先生总是建议我们多记诵《古文观止》中的名篇名句,他自己也能把《阿房宫赋》《前赤壁赋》《醉翁亭记》等轻松准确地背诵下来。他说《古文观止》中的好词好句数不胜数,经典只有背诵才能深深地融入脑海,写作时才能文思泉涌。

先生酷爱书法,精通诗词歌赋,留下了多幅墨宝和多篇诗词作品。先生的字功力深厚,技法精湛,气韵通畅,浑然天成。先生的诗词,不管是庆赞类、勉进类,还是怀念类、记述类,都是情真意切,直抒胸臆。《晚年自吟》是先生生前的最后词作,也是对其一生的回顾与吟唱,字里行间透射着先生的风骨与境界,转抄于此,以共沐先生的儒者之风。

晚年自吟(三首)

一

八十年,如梦幻,回忆往事思万千。少年时,逢战乱,负笈千里,苦读深山。难,难,难!

解放后,天地变,生活安逸事如愿。搞教学,作科研,酷暑寒冬,从未休闲。干,干,干!

二

律己严,与人善,师德高尚树模范。参政务,进良言,清正廉洁,备受称赞。贤,贤,贤!

业有成,名入典,学术论著四海传。公门内,学府园,贤契众多,群星璀璨。甜,甜,甜!

三

人虽老,志愈坚,奉献精神犹如前。改文稿,作举荐,培植后生,殚精沥胆。愿,愿,愿!

衣食足,心身健,子孙满堂天伦暖。撰诗文,把字练,抒发情趣,欢度晚年。圆,圆,圆!

注:此三首《晚年自吟》获"方园杯"古诗词创作大奖赛三等奖,见《大河报》2001年5月14日。

(二) 先生是一个学者:潜心学术,体用并举

作为一个学者,先生有着坚定的学术信念、深耕的学术领域、突出的学术成就和广泛的学术影响。

体用并举是先生一贯的学术主张,他认为"学术"既应具有深厚的理论修养,又要掌握科学的研究方法和技术;既要有学,又要有术,要器兼备。在这种学术信念的驱动下,先生既致力于教育理论研究,又执着于教育科学研究方法的探索,并且都取得了骄人的学术成就。

在教育理论方面,受教育部委托,他和王道俊先生在华

中师范大学等五院校合编的《教育学》教材基础上,共同主编了新版高等学校文科教材《教育学》。这本教材由人民教育出版社出版后,在全国产生了极大影响,得到了教育学界的一致称誉,不少年轻的教育学人都是读着这本书进入了教育学领域。同时,先生对教育本质、教育规律、教育功能、教育价值,以及教育学的发生发展等基本理论问题,均有其独到的理论见解,先生的《教育对人的发展究竟起什么作用》《社会主义教育不能商品化》《教育是促使个体社会化完善化的活动过程》等文,曾是改革开放新时期关于教育本质问题讨论的强音之作。

在教育科学研究方法方面,先生更是付出了常人难以想象的艰辛。1980年,河南大学教育学专业恢复本科招生以后,先生在国外教育资料中看到,我们国家30多年停开的教育统计学等课程,在国外教育科学体系中备受重视,基于体用并举的执着信念,他想给本科生开设教育统计学。可是,先生上大学时学的主要是描述统计,而要给学生讲的主要是推断统计,高等数学知识是难以逾越的障碍。于是,已经50多岁的王先生,又坐在了数学系的教室里,从头学习高等数学,不耻下问,不仅向老师请教,而且向年轻的本科生请教数学公式的推理、演算以及数学模型的构建。最后,凭着这份学者的执着,先生不仅出色地完成了授课任务,也于1985年正式出版了《教育统计学》。而后,先生又凭着体用并举的信念,为本科生和研究生开设了多门研究方法类课程,并先后出版了《教育测量学》《教育实验学》《教育评价学》等著作。这一系列著作在国内产生了广泛影响,并获得了国家级教学成果二等奖、河南省社会科学优秀成果一等奖、河南省优秀教材特等奖、中南地区大学出版优秀教材一等奖等。景时春先生曾公开撰文,评价王先生主编的《教育实验学》是一部体系完整、结构严谨、阐述精湛的著作,并从六个方面总结了该书对于科学推进教育实验工作的贡献。

另外,凭着对学术的执着,先生除了自己潜心于学术研究外,也为学术团体的建设付出了大量心血。1979年全国教育学研究会成立后,为了推动河南省的教育科学研究,1980年先生率众创建了河南省教育学研究会,至2002年先生去世,他历任6届理事长,举办了17届学术年会。在王先生的学术引领和人格魅力感召下,研究会实现了凝聚学术力量、鞭策学术研究、搭建学术平台、引领学术方向、关注学术前沿、服务区域发展等职能,并在后任理事长王北生教授的带领下,本学会继续开拓创新,成为河南省教育学会下的旗舰分会,连续多年参会规模保持在200人以上,被誉为规模大、质量高、影响广泛的模范学会,也成为河南省教育学人的精神家园。

(三)先生是一个师者:精心执教,挚诚育人

王先生从事教育学、教育统计学、教育原理、教育科学研

究方法等课程的教学工作50余年,教学成绩突出,深受学生爱戴,曾多次被授予国家、省、市、校优秀教师称号。记得先生在一次经验交流会上深有体会地说:我教教育学已30年了,深感要教好教育学,使学生对教育学发生兴趣,愿意深入钻研,并非一件易事。为此,在讲授内容上要从"深、广、新、实"这几个方面下功夫,讲得理论性要深一些,知识面要广一些,内容要新一些,还要多联系教育现状和中小学实际;在讲授方法上要注意讲述的理解性和逻辑性,要让学生感到"教育学有学头"。王先生是这样说的,也是这样做的。先生每讲一遍教育学,就写一遍讲稿,补充一些新东西,一个学期的讲稿就有50多万字。并且,他在上课前至少要熟悉三遍讲稿:第一遍熟悉内容,第二遍再次考虑纲目、要点和补充材料,第三遍考虑教学方法。通过悉心准备,先生对讲授内容总是能够剥烂揉碎、融会贯通。

作为一名教育学教师,先生为我们树立了教研结合的典范。先生公开发表的《谈话教学的两种形式及其实施方法》《怎样评定学生的学业成绩》《学校中劳动教育的方式方法及应注意的问题》《讲授"美育"一章的意见》《如何认识和对待教学大纲》《学生操行的考察与评定》《在教学中如何启发学生积极的思维》《实习生进行学生心理鉴定工作的步骤和方法的初步研究》等文章,具有极强的体验性、可读性与可操作性,充分展示了"教育学的学科魅力要通过教育学人来表达,来传达"的道理。

作为一名研究生导师,先生对于弟子,可谓是"燥湿寒温荣与悴,都在心头眼底,费尽了千方百计"。在我们的记忆里,先生一方面给我们提出了严格要求,"不读书,不博览群书,专业学习和研究都是无本之木、无源之水""读书要有讲究,要会读书,读好书""做研究生就得搞研究,搞研究就得有创新,而做好研究和创新,只有在不断研究、写作和研究性的学习过程中锤炼和提高",这些教诲,我们至今还耳熟能详。另一方面,先生非常重视开阔我们的学术视野,不仅在一些课程安排上,专门请外校的知名教授(如西北师大李秉德教授、北师大黄济教授、华中师大王道俊教授、中央教科所滕纯研究员等)给我们授课,而且给我们参加全国性学术会议和以游学的方式访教名师提供了制度化的多种便利。这些措施给我们的学习和科研打下了坚实基础,也形成了河南大学教育学专业研究生培养的风格和亮点。

(四) 先生是一个仁者:宽人律己,厚德博爱

仁者爱人,先生之仁是敬爱、厚爱、博爱、大爱。

先生是一个尊师的楷模,每每讲起求学时代,对他的教师的敬意总是溢于言表。通过先生的口述,一批人格高尚的前辈形象印刻在了我们心中。杨振华是先生的心理学教师,平易近人,能谈善舞,思想进步,五四时期常发表新诗;陈仲凡是先生的逻辑学、教育哲学教师,伸张正义,热爱学生,多

次营救被反动派迫害的学生,虽受逮捕和解聘的磨难,仍坦荡直爽,崇尚真理;陈梓北是先生的教育测量学与统计学启蒙教师,河南大学校歌的曲作者,一生勤俭,却厚德载物,解困济贫。这些前辈的人格形象不仅对我们是一种激励,也让我们悟到了先生仁爱精神在书典之外的源泉。

或许是基于一种传承,先生之仁最突出的表现是对弟子的厚爱。最近,在刘志军、杨银付师弟的组织下,我们正在撰写《夷门传薪学人传 王汉澜》,刘济良、汪基德等几十位同学都分享了一些自己与先生之间的故事。从这些故事中,我们不仅能真切地重温先生给予我们的严慈相济的师爱,而且能深刻地体会到先生对于弟子的爱是毫无偏见的阳光之爱,这种爱着实滋润了每位弟子的心灵。这是高尚的为师之道,也是睿智的为人之道。先生的五个儿子在追忆父亲的文章《敬仰的丰碑 心中的歌——回忆我们的父亲王汉澜先生》中也曾写道:"父亲治家严谨,我们兄弟多,但他自始至终坚持统一标准、统一规则,'一碗水端平'。"先生的小儿子裕临与我们年龄相近,更是不止一次地感叹道:"执行规则在老爸那里不存在区别对待。"

另外,先生之爱,不止于弟子,他总是以培养接班人的责任感博爱所有年轻人。先生非常关心青年教师的成长,不仅把自己教的一些课程让给年轻教师,甚至连讲义都给了他们。读书期间,我们曾多次帮先生邮寄信件,大都是对全国各地年轻学子求学问教的回信。先生曾说:凡是来信者,我总是挤出时间,及时认真作答,从未推辞。师弟熊光慈也回忆说:正是连续收到王先生热情洋溢的回信,才鼓舞他这个县高中的物理教师成为一名教育学研究生。

先生的座右铭是董仲舒的"正其谊不谋其利,明其道不计其功",可见,先生奉行的仁爱是无私的大爱。先生曾任河南大学教育系主任、河南省人大代表、开封市人大常委会副主任、开封市政协副主席,先生的弟子里司局级干部成群,但先生从不以权势谋私利。程凯老师回忆说:"王先生有五个儿子,其中四个儿子的处境都不是很理想,王先生利用他的威望和职务之便,解决一两个儿子进学校工作是说得过去的,但他从来没有这样做,也没有给我们提出过这类要求。回想起来,先生的人格真是高尚。"正是有感于此,程凯老师在《缅怀王先生》中写道:"明伦就读复奉公,慈祥睿智近人情。胸昭日月感校史,留得功名千载青。"

(五) 先生是一个达者:乐观旷达,自强不息

所谓达者,是说先生心胸宽广,拿得起,放得下,永远乐观、旷达。先生一生经历了新中国成立前的战火纷飞、颠沛流离,也经历了"文化大革命"中被打入牛棚的摧残,但他始终能怀抱一颗感恩之心,爱岗敬业,与人为善,积极乐观,自强不息。我们在整理先生的照片时,无不为先生的舒朗眉宇和非凡气度而折服。

回想我们跟先生在一起的日子里,常常被先生积极的生命情态所感染。先生常说干工作要有高度的革命责任感,要有完成任务的紧迫感,要有艰苦奋斗的牺牲精神,要有有条不紊的计划。正是基于振兴教育的责任感,先生倡议并促成了河南大学教育学学科在"文革"以后的恢复与重建,同时创建了河南省教育学研究会,极大地推动了我省教育科学事业的发展。正是基于紧迫感,先生总是以"学如不及,犹恐失之"与同学们共勉。正是基于革命加拼命的牺牲精神,先生长期坚持伏案考考,日夜不懈,不知病痛加身,不知老之将至。正是基于计划性,先生的工作永远是井井有条,先生自己撰写的学术论文、经验报告、讲话发言、序言题词、评审鉴定、诗词歌赋等文稿都整理得妥妥帖帖,先生整洁有序的书房常常充作我们读研时的教室,也是同学们心中永远记惦的学术殿堂。

如今,先生已经离我们而去,但翻开《王汉澜文集》,从先生创作的《赞党的十一届三中全会》《建国五十周年颂》《欢庆香港回归》《欢庆澳门回归》《庆祝中共建党八十周年》《庆贺民盟成立六十周年》《庆祝开封解放五十周年》等词作中,我们仍能浓浓地感受到先生拥抱时代发展的积极心态;细细品读先生的《自述》《自慰》《晚年自吟》,我们又会情不自禁地对先生的豁达、通达、风骨、风范肃然起敬。巍巍吾师,高山仰止,虽不能至,心向往之,恩师精神,吾辈永继!